Jürgen

Der Autor

Hermann Roland Bolz, 1952 in Kaiserslautern geboren, erlebte dort eine glückliche Kindheit und Jugend. Angeregt durch seinen flugbegeisterten Vater widmete er sich schon früh dem Modell-, und hierauf aufbauend bereits mit 14 Jahren dem Segelflug, welchen er auch heute noch als Vereinsfluglehrer betreibt.

Nach dem Abitur verpflichtete er sich für zwei Jahre bei der Bundesluftwaffe. Sein Wehrdienst war überschattet von den dramatisch-tragischen Ereignissen um die israelische Olympiamannschaft, welche er als stellvertretender Wachhabender im Jahre 1972 auf dem Fliegerhorst Fürstenfeldbruck unmittelbar erlebte, und die ihn in seiner Lebenseinstellung nachhaltig prägten.

Anschließend studierte er Forstwissenschaften in Freiburg im Breisgau. Sein hieran anknüpfender beruflicher Lebensweg umfasst zahlreiche Stationen inner- und außerhalb der Forstverwaltung von Rheinland-Pfalz. So war er nach dem Fall des Eisernen Vorhangs als Amtshelfer in Thüringen, als Verwaltungsmodernisierer in der rheinland-pfälzischen Staatskanzlei und nicht zuletzt als Entwicklungshelfer in Jordanien tätig. Bis zu seiner Ruhestandsversetzung im Jahre 2019 war er Direktor der Zentralstelle der Forstverwaltung in Neustadt an der Weinstraße.

Hermann Roland Bolz ist verheiratet und Vater von sieben Kindern.

Er ist geprägt durch seinen an weiten Zeithorizonten und komplexen natürlichen und sozioökonomischen Systemen orientierten forstlichen Beruf und inspiriert sich immer wieder durch die einzigartige Weltperspektive des Segelfliegers. Im Mittelpunkt seines Handelns steht der Wunsch, seiner Verantwortung gegenüber künftigen Generationen gerecht zu werden. Daher beschäftigt er sich heute intensiv mit den aktuellen gesellschaftlichen Herausforderungen. Im Fokus steht dabei die Frage der Nachhaltigen Entwicklung der Menschheit.

Hermann R. Bolz

Jürgen

Jürgen,

in dankbarer Erinnerung.

© 2021 Hermann R. Bolz
Herstellung und Verlag: BoD - Books on Demand, Norderstedt
Umschlagfotografie: Hermann R. Bolz
ISBN: 978-3-7534-4332-4

Bibliographische Information der Deutschen Bibliothek:
Die Deutsche Bibliothek verzeichnet diese Publikation in der Deutschen Nationalbibliographie; detaillierte bibliographische Daten
sind im Internet über http://dnb.ddb.de abrufbar.

Inhaltsverzeichnis

Arturs Assistent

Es war zu Beginn der 80er Jahre, als mein Vater von seinem neuen Assistenten Jürgen sprach. Er hatte als Werkstattleiter beim Flugsportverein Kaiserslautern e. V. und als Beauftragten für die Partnerschaft mit der Association Sportive Vélivole Raymond Delmotte (ASVRD), St. Quentin, Picardie, immer Assistenten, wie er sie nannte, und denen er freundschaftlich verbunden war. Wichtig war ihm dabei, die jungen Menschen umfassend an den Flugsport heranzuführen. Nicht nur Fliegen und das Wissen darum war angesagt, sondern auch das Instandhalten und Instandsetzen der Flugzeuge in der Winterpause. Jürgen war ebenso wie er Ingenieur, und vor diesem beruflichen Hintergrund verstanden sie sich trotz des großen Altersunterschiedes sehr gut. So organisierten sie auch im Jahre 1989 ein Fliegerlager in St. Quentin-Roupy, welches neben fliegerischen Höhepunkten insbesondere durch die Feierlichkeiten zum 200. Geburtstag der französischen Revolution gekennzeichnet war.

In diesem Zeitraum startete ich nach einem Studium der Forstwissenschaften in Freiburg im Breisgau, wo ich bereits eine Familie gegründet hatte, ins Berufsleben. Meine Wahl war auf die Landesforstverwaltung Rheinland-Pfalz gefallen. Diese schickte mich nach dem Staatsexamen für ein Jahr nach Groß-Umstadt in Hessen. Damit war eine Wochenendehe verbunden. Und war schon während des Studiums das Fliegen zu kurz gekommen, so erleichterte diese Verwendung die Ausübung des Flugsportes eben so wenig. Die Wochenenden gehörten der Familie. Dies setzte sich fort, als ich recht bald Leiter eines Forstamtes an der saarländischen Grenze wurde.

Auch danach, als Personal- und Organisationsreferent mit zwischenzeitlich drei Kindern, blieb kaum Zeit zum Fliegen.

Ich vermisste das Segelfliegen sehr. Es gehörte seit meinem 14. Lebensjahr zu meinem Leben. Später erfuhr ich, dass es auch ein zentraler Bestandteil in Jürgens Leben war. Ohne, dass wir es damals wussten, geschweige denn ausgesprochen hatten, war es der gemeinsame Nenner, auf dem unsere spätere, tiefe Freundschaft aufbaute.

Mein Wunsch, wieder zu fliegen, verstärkte sich Ende der 80er Jahre zunehmend, und so erneuerte ich meine Segelfluglizenz kurz vor deren endgültigen Verfall.

Wenige Jahre später wies mich mein Vater darauf hin, dass Jürgen und ein weiteres Vereinsmitglied einen Fluglehrerlehrgang besuchen würden, und regte an, dass ich mich auch dort einschreiben sollte. In den zurückliegenden Jahren hatte ich erfahren, dass mir das Vermitteln von Kenntnissen und Fähigkeiten sehr lag, und so zögerte ich nicht, mich für diesen Lehrgang zu melden.

Fluglehrerlehrgang

In der zweiten Aprilhälfte des Jahres 1990 begann unser drei-wöchiger Fluglehrerlehrgang. Wir waren alle im Haus des Flugsportverbandes Rheinland-Pfalz auf dem Domberg in Bad Sobernheim untergebracht. Ich teilte mein Zimmer mit Roland, während Jürgen mit Otto, den er schon länger kannte, auf einem Zimmer war. Während des Lehrgangs hatten wir nicht viel Kontakt. Um meine Zulassung zur Fluglehrerausbildung hatte es im Verein Auseinandersetzungen gegeben, die auch mein Verhältnis zu Jürgen und Otto berührten.

Der Lehrgang selbst war sehr interessant. Es gab viel Theorie einschließlich einer Einführung in pädagogische Grundlagen durch den später leider allzu früh tödlich verunglückten Herbert, die mir auch im Berufsleben sehr hilfreich war. Daneben fanden zahlreiche Flüge mit unseren Ausbildern statt, bei denen einerseits nochmals fliegerische Fähigkeiten insbesondere im Zusammenhang mit Gefahrensituationen verstärkt wurden, andererseits die pädagogischen Kenntnisse nunmehr praktisch angewandt wurden. Am Ende des Lehrgangs fand zunächst eine umfassende schriftliche Prüfung statt, welche durch eine Lehrprobe zu einem vorab bekannt gegebenen Thema ergänzt wurde. Die praktische Prüfung erfolgte zeitlich versetzt, und ab dem 1. Juli 1990 nahmen wir unsere Tätigkeit als Fluglehrerassistenten auf.

Durch meinen Einsatz als Amtshelfer nach dem Fall des Eisernen Vorhangs in Thüringen verzögerte sich meine endgültige Bestellung zum Fluglehrer gegenüber Jürgen und Otto um ein Jahr. Dies hatte auch zur Folge, dass wir uns in dieser wichtigen Phase nicht intensiver kennenlernen konnten. So vergingen einige Jahre, in denen wir kameradschaftlich als Fluglehrer unserem Verein zur Verfügung standen.

Ein tragischer Tag

Wie jedes Jahr, so fand auch am Ende der Flugsaison 2001 in unserem Verein ein Ziellandewettbewerb statt. Dabei kommt es darauf an, nach Möglichkeit innerhalb eines recht kleinen Feldes, etwa fünf auf drei Meter, aufzusetzen und dann geradeaus bis zum Stillstand zu rollen. Gelingt dies, so hat man 500 Punkte erworben. Jeder Meter, den man vor diesem Feld aufsetzt, führt zu einem Abzug von zehn Punkten, jeder Meter danach zu einem Punkt Abzug. Die Differenz erklärt sich aus einem Vergleich mit einem Flugzeugträger: Wenn man hier zu kurz kommt, kollidiert man mit der Bordwand, was schlimmer ist als ein Durchstartversuch, wenn man zu hoch angeflogen ist. Jeder Teilnehmende hat zwei Flüge. Die daraus resultierenden Punkte werden addiert. Bei Punktgleichheit ist ein Stechen angesagt.

Der 28. Oktober 2001 war ein Tag mit beachtlichem Seitenwind. Das Landen war deshalb nicht ganz einfach, schon gar nicht, wenn es darum ging, in diesem kleinen Feld aufzusetzen. Daher lagen die Ergebnisse auch deutlich auseinander. Angeführt wurde das Feld von Jürgen und unserem Flugschüler Timo, der erst kürzlich freigeflogen war. Im Einzelnen: erster Start 500 Punkte für Jürgen, 499 für den Flugschüler, zweiter Start: 499 Jürgen, 500 Timo. Dies bedeutete Gleichstand, weshalb ein dritter Flug für die Beiden erforderlich wurde. Jürgen entschied das Stechen mit 500 gegenüber 440 Punkten für sich.

Nachdem alle Jürgen und auch Timo begeistert gratuliert hatten, bot er an, mit ihm eine Runde Motorsegler zu fliegen. Inzwischen hatte der Wind weiter aufgefrischt, und angesichts der bei starkem Seitenwind den Piloten sehr herausfordernden Flugeigenschaften des Motorseglers wollte ihn niemand begleiten.

„Bei gutem Wetter kann jeder fliegen, ihr Schönwetterflieger! Dann fliege ich eben alleine", war sein Kommentar. Sprach's, und ging zur KOOU.

Als ich ihm auf dem Weg zum Flugzeug nachschaute, fiel mir auf, dass er sich ungewohnt steif bewegte. Ich vermutete, dass er möglicherweise Rückenbeschwerden haben könnte, versäumte es jedoch auch später, ihn darauf anzusprechen. Nachdem er mit Bravour gelandet war, und die Maschinen hangariert waren, gingen wir zum gemütlichen Teil des Tages über. Gewinner, Piloten mit 500-Punkte-Landungen und solche mit 0-Punkte-Landungen zahlen traditionsgemäß eine Flasche Sekt pro Ereignis. Angesichts der schwierigen fliegerischen Bedingungen des Tages gab es sehr viel Sekt, und davon wurde auch gleich ein beachtlicher Teil konsumiert. Im Verlauf des späten Nachmittags fiel mir auf, dass Jürgen sehr schleppend sprach. Damit war er allerdings nicht alleine, denn es traf einige andere auch, und so maß ich diesem Umstand keine besondere Bedeutung zu. Ich führte ihn auf den Alkoholkonsum zurück. Für Jürgen, dessen damalige Frau später Gleiches vermutete, ein Verhängnis. Erst montags im Büro, als seine Kollegen seine Unfähigkeit erkannten, ein Telefongespräch zu führen, schrillten die Alarmglocken, und er wurde unverzüglich ins Krankenhaus gebracht. Schlaganfall lautete die Diagnose. Neben vielem anderen bedeutete dies zunächst das Ende seiner Fliegerei.

Erfreulicherweise erholte er sich verhältnismäßig rasch von diesem Schicksalsschlag. Dazu trug sicher auch seine positive Grundeinstellung bei. Flugzeuge führen durfte er jedoch noch lange Zeit nicht mehr. Dazu bedurfte es noch mehrere Jahre und vieler ärztlicher Gutachten.

Der Beginn einer Freundschaft

In der Folgezeit kam Jürgen ab und an sonntags auf den Flugplatz. Er unterhielt sich dann mit diesem oder jenem. Alle waren unsicher, wie sie mit ihm umgehen sollten. War er nun einer, der nie wieder fliegen würde, oder würde es ihm gelingen, wieder ein fliegerärztliches Tauglichkeitszeugnis zu erwerben. Angestrengt wurde dieses Thema ausgeklammert, wobei viele skeptisch waren, ob er jemals wieder eigenverantwortlich ein Flugzeug führen würde. Er mochte wohl auch spüren, dass er nun nur noch am Rande dazugehörte, jemand, mit dem man keine akuten fliegerischen Fragen mehr behandelte, mit dem man nur noch höflichkeitshalber ein paar Worte wechselte. Dazu kam, dass er offensichtlich erhebliche Erinnerungslücken hatte. So kannte er die Bezeichnungen mehrerer Flugzeuge, sogar solcher, auf denen er viel geflogen war, nicht mehr.

Der 29.06.2003 war wieder ein solcher Tag, an dem er etwas ausgegrenzt auf dem Flugplatz stand. Ich hatte mir schon länger vorgenommen, ihn zu einem längeren Flug mit unserem Motorsegler einzuladen. An diesem Tag war das Wetter vielversprechend, so gut, dass man auch mit unserem Falken ein gutes Stück würde segeln können.

Lange überlegte ich mir, wie ich die Einladung zu diesem Flug aussprechen sollte. Er hatte wesentlich mehr Erfahrung auf diesem Flugzeug und war als Fluglehrer für Motorsegler sehr erfolgreich gewesen. Mir war klar, dass er nur auf dem Kopiloten-Sitz fliegen konnte, stellte mir jedoch vor, dass dies für ihn zumindest innerlich einer Zurücksetzung gleichkommen könnte. Nicht erwogen hatte ich, dass dies für ihn, einen rational veranlagten Menschen, keine Frage war.

Ich gab mir einen Ruck und lud ihn zu einem 300-km-Flug über Trier, Koblenz und zurück ein. Er nahm das Angebot gerne an. Auf dem Weg zur Maschine sagte ich: „Du bist ja Fluglehrer und das Fliegen auf dem rechten Sitz gewohnt." Er schaute mich lange an und sagte nach einigem Zögern: „Ja." Später hat er mir einmal erzählt, dass er es als sehr angenehm empfunden hatte, dass ich ihn nicht wegen seiner Erkrankung, sondern wegen seiner fliegerischen Fähigkeiten auf den Ko-Sitz komplimentiert hätte. Das hätte ihm sehr gutgetan.

Es wurde ein sehr schöner Flug. Bereits über dem Pfälzerwald konnten wir das Triebwerk abstellen. Als nach einer geringen Strecke im motorlosen Gleitflug das Variometer ausschlug, rief Jürgen: „Hermann, kurve ein, rechts!" Damit war die Ansprache beginnend mit einem schnell ausgesprochenen „Hermann …!" geboren, die ich in den Folgejahren so oft hören sollte und die ich selbst heute noch so sehr vermisse.

Von da an haben wir uns viel erzählt. Er berichtete, was er alles unternommen habe und unternehmen werde, um wieder fliegen zu dürfen. Dabei war er sehr zuversichtlich ob des Erfolges, und ich teilte seine Zuversicht.

Die Landschaft zog unter uns hindurch. Mitunter mussten wir den Motor wieder starten, denn der Falke ist doch kein so brillanter Segler. Wir umflogen das Sperrgebiet Baumholder und erreichten Trier-Föhren, danach folgten wir der mächtig mäandrierenden Mosel Richtung Koblenz. Bei Cochem nutzten wir über der Reichsburg den Hangaufwind aus, mussten jedoch über dem Maifeld das Triebwerk wieder starten. Mit Blick auf Hunsrück und Eifel erklärte ich ihm die unterschiedlichen Landschaftsräume von Rheinland-Pfalz, wies ihn auf die zahlreichen Forstamtsbezirke hin, die wir überflogen, und erzählte von den unter uns vorbeiziehenden Wäldern und den darin tätigen Förstern.

Kurz vor Koblenz drehten wir nach Süden Richtung Lachen-Speyerdorf ab und erreichten nach mehr als vier Stunden unseren Heimatflugplatz. Nach dem Aussteigen sah er mich lange an und drückte mir dann kräftig die Hand: „Hermann, ich danke dir, es war sehr schön!" „Bis bald Jürgen!", war meine Antwort, denn ich wusste, dass dieser, unser erster gemeinsamer Flug, nicht unser letzter war.

Tage später rief mich seine Frau an und bat mich, nie wieder mit Jürgen zu fliegen. Er sei so voller Sehnsucht zum Fliegen nach Hause gekommen, dass sie, die sie um die Schwere seiner Beeinträchtigung wisse, weder damit umgehen könne noch wolle.

Daran habe ich mich nicht immer gehalten. Ein paar weitere Flüge haben wir in jener Zeit dann doch noch gemeinsam unternommen.

Marktwert

Auch in der Zeit, in der er kein Medical hatte und daher nicht fliegen konnte, nahm Jürgen an unseren vereinsinternen Jahresabschlussfeiern teil. Im Rahmen dieser wurden die Vereinspokale überreicht, nämlich der Pokal für den Sieger des Ziellandewettbewerbs, der für den Ziellandemeister und der Streckenflugpokal. Ziellandemeister war man, wenn man die meisten Punkte aus den drei jüngsten Ziellandewettbewerben auf sich vereinigen konnte, den Streckenflugpokal erhielt man für die in der Summe längsten drei Streckenflüge.

Bei einer dieser Veranstaltungen, die regelmäßig in Nebenräumen guter Restaurants in Kaiserslautern stattfanden, öffnete sich die Tür und Jürgens Frau, begleitet von einer Freundin, schob Jürgen in den Raum mit dem Bemerken: „Wir haben ihn noch einmal mitgenommen und gehen nun in die Stadt, um unseren Marktwert zu testen. Bis später."

Die Unterhaltung der Gäste stockte einen Moment und alle Augen richteten sich auf Jürgen, der sich mit einem: „Guten Abend!" auf einen noch freien Platz setzte. Rasch kam die allgemeine Unterhaltung wieder in Gang. Gleichwohl verbarg sich hinter mancher Stirn die Frage, wie dieser Auftritt einzuordnen sei.

Einige Zeit später wurde bekannt, dass Jürgen und seine Frau sich getrennt hatten.

Rallye Rheinland-Pfalz

Im August 2004 war es dann endlich soweit. Nach vielen Untersuchungen und Gutachten konnte Jürgen wieder ein fliegerärztliches Tauglichkeitszeugnis vorweisen. Es enthielt zwar einige Auflagen, diese stellten jedoch kein Problem dar und wurden mit der Zeit sogar erheblich gelockert. Nach entsprechenden Überprüfungsflügen – die Lizenzen waren inzwischen abgelaufen – konnte er wieder dieselben Berechtigungen ausüben wie vor seiner Erkrankung. Dieses Ereignis wurde gebührend im Kreis der Flieger gefeiert.

In der Folgezeit flogen wir öfter gemeinsam mit unserem Motorsegler. Eines Tages sagte Jürgen: „Hermann, der Landesverband richtet seit langem wieder einmal eine Rheinland-Pfalz-Rallye für Motorflugzeuge aus. Lass' uns da mitmachen!"

„Ich habe keine Lizenz für Motorflugzeuge." War meine Antwort.

„Wir nehmen mit dem Motorsegler teil. Das geht auch", meinte Jürgen daraufhin. Ich hatte im Gegensatz zu ihm noch nie an einer Rallye teilgenommen, ließ mich jedoch für das Vorhaben gewinnen.

Die Rallye fand an einem Samstag im Juni 2008 statt, beginnend in Bad Sobernheim. Nach der Begrüßung der Teilnehmenden erfolgte zunächst ein schriftlicher Wissenstest, den wir gemeinsam ganz gut bewältigten. Anschließend ging es zum Fliegen. Es galt, verschiedene Orte auf den Strecken zwischen den Wendepunkten bis zur Ziellandung in Idar-Oberstein zu finden. Auf dem Rückflug nach Bad Sobernheim war dann eine Ziellinie zu einer exakt angegebenen Uhrzeit zu überfliegen.

Jürgen hatte bei unserer Anmeldung eine vergleichsweise niedrige Reisegeschwindigkeit angegeben. Als ich meiner Verwunderung darüber Ausdruck verlieh, meinte er, ich würde schon sehen.

So rollten wir als letzte des Teilnehmerfeldes auf. Der Flug führte zunächst über den Rhein und dann rechtsrheinisch bis auf die Höhe von Emmelshausen, von dort aus bis zur Moselschleuse Zeltingen-Rachtig und schließlich nach Idar-Oberstein. Durch meine ungezählten Dienstreisen zu den Forstämtern des Landes kannte ich dieses sehr gut und wir konnten manches zu suchende Objekt bereits in den Unterlagen identifizieren. Als Folge der geringen angegebenen Reisegeschwindigkeit, die wir leicht übertrafen, gerieten wir auch nie unter Zeitdruck.

Bei leichtem Nieselregen schwebten wir auf das Ziellandefeld in Idar-Oberstein an. Sekunden vor dem Aufsetzen, ich wäre etwas zu kurz gekommen, fuhr Jürgens Hand an den Gashebel, ein kurzer Drehzahlanstieg, und wir hatten die maximale Punktzahl erreicht.

Den zweiten Ast flog Jürgen. Er hatte sich für den Zeitziellinienüberflug eine raffinierte Strategie überlegt, und wir erreichten auch hier, wie wir später erfuhren, die maximale Punktzahl.

Die Auswertung des Wettbewerbs dauerte eine geraume Zeit. Endlich wurden wir in den Lehrsaal gerufen, um die Ergebnisse zu erfahren. Die Platzierungen wurden vom Ende her vorgetragen. Dabei wurde auch bekannt, dass das andere

Falketeam, das eine wesentlich höhere Reisegeschwindigkeit als wir angegeben hatte, das Zeitfenster überschritten hatte und deshalb in der Gesamtwertung weit zurückfiel.

„Hermann, weißt du nun, warum ich eine geringere Reisegeschwindigkeit angegeben habe?", schmunzelte Jürgen. Ja, ich wusste es nun. Unsere Namen hörten wir erst, als nur noch ein Team verblieben war. Wir hatten gewonnen.

Mit reichlich Siegerwein von der Nahe belohnt flogen wir nach Hause. Wir waren ein gutes Team geworden, jeder mit seinen Stärken und Schwächen, die gegenseitig ohne Vorbehalte akzeptiert wurden. Und: Wir ergänzten uns sowohl fliegerisch als auch menschlich hervorragend.

Flugplatzbeleuchtung

Es war eines unserer Fliegerlager in St. Quentin, bei dem auch
einige unserer Frauen teilnahmen. Wie immer war das Wetter eher durchwachsen, wie immer gingen die französischen
Freunde gleich nach dem Flugbetrieb nach Hause und wie immer saßen wir Fliegerfreunde nach dem Abendbrot gemütlich
beisammen und genossen bei leichten Gesprächen französischen Wein. In diesem Jahr hatten wir sogar Feuerholz mitgebracht und eine Feuerstelle zwischen unseren Zelten eingerichtet.

*Jürgen baut die Feuerstelle. Von l.n.r.: Sylvia und Julia. Foto:
Hendrik Bolz*

Eines Abends hatten wir schon lange am Feuer gesessen und köstlichen Rotwein getrunken. Viele Fliegergeschichten waren erzählt worden, manche ganz nüchtern, andere ausgeschmückt, deshalb nicht mehr ganz bei den Fakten, aber umso schöner. Und auch die folgende Begebenheit mag heute etwas anders in Erinnerung sein, als sie damals geschah – aber allenfalls nur ein wenig.

Jürgen (rechts) im Kreis der Teilnehmer*innen des Fliegerlagers in St. Quentin/Roupy. Foto: Hendrik Bolz

Kurz vor Mitternacht sagte Jürgen: „Hermann, es wäre sehr schön, wenn die Flugplatzbeleuchtung eingeschaltet wäre." Alle bestätigten nickend diesen Wunsch.

„Dem steht nichts entgegen, ich kenne den Code für das Flugleitungsgebäude. Dort finden wir sicher den Schaltschrank und können die Beleuchtung einschalten." Nun gab es kein Halten mehr.

„Hermann, wir nehmen deinen Wagen als Flugzeugersatz, rollen später zur Startbahn und machen ein paar Startversuche!" Gesagt, getan. Jürgen und ich gingen zu meinem Wagen.

„Hermann, hinten ist kein Lenkrad!" meinte Jürgen, als ich in der Eile nach der hinteren Tür griff.

Als wir schließlich im Fahrzeug saßen, holte Jürgen die Genehmigung zum Anlassen des Triebwerks ein, danach die Rollfreigabe. Wir rollten vom Parkplatz zum Flugleitungsgebäude. Dort angekommen legten wir nach Genehmigung das Triebwerk wieder still und gingen zur Tür. Der Code funktionierte reibungslos. Im Flur rechts und dann in den Flugleiterraum war eine Affäre von wenigen Sekunden. Jürgen erkannte sofort den Schaltkasten für die Beleuchtung. Zunächst erstrahlte der Windsack in kräftigem Rot-Weiß. Danach erglühten die roten Lampen auf den Gebäudedächern, gefolgt von dem Grün der Taxiways und schließlich dem Weiß der Pistenbeleuchtung. Als Letztes beleuchtete er das Vorfeld, auf dem unser Fahrzeug abgestellt war. Herrlich anzusehen lag das befeuerte Flugplatzgelände in der stillen, lauen Sommernacht.

Zufrieden mit diesem Erfolg verließen wir das Gebäude, zogen die Tür hinter uns zu und bestiegen das Fahrzeug.

Nach den erforderlichen Genehmigungen rollten wir zum Rollhalt, erhielten die Erlaubnis zum Aufrollen und schließlich die Startfreigabe. Wir beschleunigten kräftig, und gegen Ende der Piste drehten wir, nachdem wir verzögert hatten, um, erbaten Backtrack und rollten wieder zur Schwelle.

So ging das mehrere Male, bis der Wunsch nach einem weiteren Schluck Rotwein die Oberhand gewann. Also ging es zurück zum Flugleitungsgebäude. Rasch wurde der Code eingegeben. Es rührte sich jedoch nichts.

„Hermann, hast du den Code vergessen?", fragte Jürgen.

„Nein, natürlich nicht, die Anlage ist tot!", war meine Antwort. Nach mehreren vergeblichen Versuchen war auch Jürgen überzeugt.

„Hermann, wir müssen da rein, die Beleuchtung kann nicht die ganze Nacht brennen! Wir stehen hier wie auf dem Präsentierteller!" Da waren wir wieder einmal einer Meinung, aber wie das anstellen?

„Hermann, im Krimi ziehen die in solchen Fällen immer eine Scheckkarte durch den Türschlitz. Du hast doch eine, gib' mir die mal!"

Hier waren wir nun mal nicht einer Meinung. Nicht, dass das mit der Scheckkarte keine gute Idee war, nein, sondern dass es meine sein musste.

„Du hast doch auch eine!" gab ich zurück, „die können wir genauso gut nehmen."

„Nein,", war Jürgens Antwort, „die ist neu."

Ich durchforstete meinen Geldbeutel und fand eine alte Versicherungskarte in Scheckkartenformat. Jürgen nahm sie mir aus der Hand.

„Hermann, gib Acht, so macht man das!" sprach's und zog die Karte durch den Türschlitz, einmal, zweimal, so oft, bis sie nur noch bedingte Ähnlichkeit mit dem Ursprungszustand hatte.

„Im Krimi geht das immer!", war der trockene Kommentar.

Nun stieß Petra zu uns. „Was ist denn hier los?", war ihre Frage. „Draußen auf der Nationalstraße fahren jede Menge Fahrzeuge. Wenn die Polizei vorbeikommt und euch so sieht, dann gute Nacht."

Wir erklärten ihr die Situation, als Wolfgang plötzlich zu uns trat. Er hatte das Wesentliche gehört und meinte: „Hiermit habe ich nichts zu tun.", sprach's und verschwand wieder über das hell erleuchtete Vorfeld.

„Wir brauchen jetzt einen klaren Kopf!", stellten wir gemeinsam fest. Die Tür war eine Flügeltür, und wenn es uns gelänge, die Verriegelung des Beiflügels zu lösen, dann könnten wir die Tür leicht öffnen. Leider gelang es uns nicht, die zwei Flügel so aufzubiegen, dass man die Riegel ziehen konnte. Wortlos ging Petra ins Vereinsheim und kam mit einem Schlachtermesser zurück. Damit konnten wir nun die Türen soweit auseinanderhebeln, dass wir Zugang zu den Riegeln hatten. Es gelang, diese zu lösen, und die Tür war offen.

„Das Messer muss weg!", meinte Petra, „Wenn uns die Polizei mit diesem Messer hier nach Mitternacht an der offenen Tür sieht, haben wir Einiges zu erklären!" Dem stimmten wir zu und gingen, während sie das Messer zurückbrachte, in das Gebäude. Jürgen verriegelte den einen Türflügel und trat dabei aus leichter Verärgerung noch einmal fest auf dessen untere Verriegelung.

„Die macht niemand mehr auf!", meinte er und zog die Tür ins Schloss.

Das Gebäude war elektrisch tot. Keine Lampe war anzuknipsen, und auch der Kühlschrank des Restaurants gab keinen

Ton mehr von sich. Trotz intensiver Suche fanden wir keinen Sicherungskasten, um eventuell dort die Ursache für den Stromausfall beseitigen zu können.

„Hermann, Hauptsache, wir schalten die Beleuchtung aus! Alles andere sehen wir morgen."

Dem war nichts zu entgegnen. Die Schalter waren gleich umgelegt, und nun lag das Flugfeld wieder in finsterer Nacht. Wir auch. Langsam tasteten wir uns durch das dunkle Gebäude zur Tür. Ich betätigte den Summer, aber auch der war tot. Während wir lange versucht hatten, ins Gebäude zu kommen, konnten wir es nun nicht mehr verlassen.

„Same procedure as last year!", meinte Jürgen und versuchte den rechten Türflügel zu entriegeln. Der obere Riegel ließ sich ziehen, den unteren hatte er vorhin zu fest in die Halterung getreten. Wir konnten ihn nicht lösen. In der Flugleitung hatten wir einen altertümlichen Briefbeschwerer gesehen. Diesen holten wir, und mit ihm gelang es uns, von unten klopfend, den Riegel zu heben.

Erschöpft verließen wir das Gebäude, verriegelten die Tür und rollten – ohne eine Freigabe einzuholen – zum Parkplatz bei den Zelten.

Nach einigen Minuten des Nachdenkens und einigen Schlucken Rotwein meinte Jürgen: „Hermann, morgen müssen wir das den Franzosen beichten. Du kannst gut Französisch, überleg' dir schon mal, wie wir das denen beibringen!"

Am nächsten Tag kamen die französischen Fliegerkameraden sehr früh, um Gastflüge durchzuführen. Mit etwas mulmigem Gefühl machten wir uns auf den Weg. Noch ein gutes Stück entfernt sahen wir Pierre-Marie auf die Tür zugehen. Er tippte den Code ein, nichts geschah. Ohne einen weiteren Versuch schrie er lauthals, dieses Codesystem sei das Letzte, was es gäbe. Ständig gestört und vor allem dann, wenn man in das Haus müsse.

„Hermann, komm', unsere Beichte hat sich erübrigt!", meinte Jürgen.

In den Folgejahren haben wir uns vor Ort immer wieder an dieses Ereignis erinnert. Allerdings haben wir nie wieder versucht, die Flugplatzbeleuchtung einzuschalten. Jahre später haben wir den französischen Fliegerkameraden dann doch noch gebeichtet. Sie nahmen unsere Erzählung amüsiert entgegen, keine Spur von Verärgerung.

Streckenflugdemonstration

Natürlich ging es bei den Abendgesprächen in St. Quentin/Roupy auch um fliegerische Themen. Neben der Vertiefung der deutsch-französischen Freundschaft waren die großen, im August abgeernteten Felder ein Grund, hier zu fliegen. Diese waren häufig größer als die Flugplätze der Sportpiloten, und man musste keine Angst vor einer Außenlandung haben.

In einem Gespräch mit Nachwuchspiloten sprachen wir über Grundsätze des Streckenfluges. Wir wiesen darauf hin, dass man nicht so lange zögern sollte, bis man auf Strecke ging. Nichts hinderlicher, als stundenlang am Platz zu kreisen und auf eine höhere Wolkenbasis warten. Und dann zügig voranfliegen, nicht schleichen, und bei jeden auch noch so schwachen Aufwind wieder einkurven. Nach weiteren Ausführungen zur Sollfahrt beschlossen wir, dass Jürgen und ich das alles zwei Nachwuchspiloten demonstrieren wollten, wir im Doppelsitzer, die beiden jeweils in einem Einsitzer.

Das Wetter am Folgetag war ,pas mal' wie die Franzosen sagen: nicht schlecht. Bald fanden wir uns auf etwa 1000 m Höhe zusammen.

„Auf geht's!", gab ich durch, und wir stürmten los. Die Landschaft Richtung Amiens rauschte nur so unter uns hindurch und mit vergleichbarer Geschwindigkeit verloren wir Höhe. In 300 m verringerte ich unsere Geschwindigkeit auf die des besten Gleitens. Das Variometer hatte noch kein einziges Mal Steigen angezeigt. Nun war guter Rat teuer.

„Hermann, da drüben ist der Bonduelle. Bis dorthin schaffen wir es. Der kocht Erbsen und Karotten, da geht es hoch!"

Ja, das war eine Option. Dort angekommen sahen wir, dass auf dem Firmenparkplatz nur wenige Fahrzeuge standen. „Betriebsferien!" stellten wir gleichzeitig fest.

„Euer Schatten ist verdammt nahe bei euch!", hörten wir einen unserer Jugendlichen sagen. Er hatte recht. Nun war eine Außenlandung angesagt. Einen geeigneten Acker hatte ich schon vorher ins Auge gefasst. Als wir in den Queranflug einkreisten, schlug das Variometer heftig aus. Wir riskierten es und waren in wenigen Minuten wieder in sicherer Höhe.

Es wurde noch ein schöner Flug über den freundlichen Weiten der Picardie, allerdings ohne weitere Demonstrationen unserer Streckenflugkompetenz.

Lagersplitter

Sabine hat diesen Begriff geprägt. Solange sie an unseren Lagern teilgenommen hat, hat sie besondere Ereignisse in einem Büchlein festgehalten. Wenn man darin blättert, taucht längst Vergessenes wieder auf. So werden hier in Form solcher Splitter einige Begebenheiten festgehalten.

Jürgen hat so gut wie an jedem unserer vielen Fliegerlager teilgenommen. Er genoss die Tage, an denen man ohne Unterbrechung gemeinsam fliegen und abends beisammensitzen konnte. Als Fluglehrer bereiteten ihm die dann besonders spürbaren fliegerischen Fortschritte der Flugschüler*innen besondere Freude.

Auf einer der vielen Fahrten nach St. Quentin zog er ausnahmsweise einmal keinen Hänger, da sein neuer Wagen noch keine Anhängerkupplung hatte. Unsere Durchschnittsgeschwindigkeit war nicht sehr hoch. Jürgen machte sich einen Spaß daraus, uns immer wieder zu überholen. Wo er uns passieren ließ, merkten wir nicht. Manchmal winkte er mit einem Croissant, ein anderes Mal hielt er eine Trinkflasche in der Hand. Dadurch wurde die lange Fahrt nach St. Quentin kurzweiliger. Schließlich überraschte er uns auf einem Parkplatz mit frisch gebackenen, wohlduftenden Croissants.

Aber auch in schwierigen Situationen war er ein verlässlicher Partner.

Bei nahezu jedem Fliegerlager tritt auch einmal der sogenannte Lagerkoller auf. Niedergeschlagenheit, Überdruss und Ärger machen sich breit. In solchen Fällen war Jürgen in

seinem Element. Legendär ist sein Stangentanz bei einer solchen Gelegenheit.

Jürgen beim Stangentanz. Foto: Sylvia Bolz

Schließlich konnte Jürgen auch sehr herzlich über sich selbst lachen. So rüstete er einmal in St. Quentin mit zwei Fliegerkameraden unsere LS 1f auf. Aus welchen Gründen auch immer wurde das Fahrwerk nicht ausgefahren. Sein Kommando, die Maschine vom Hänger zu schieben, wurde ohne Zögern ausgeführt und Hendrik gelang es, die Situation danach im Foto festzuhalten.

Fluglehrer beim Aufrüsten der LS 1f. Im Hintergrund das Gebäude der Wetterwarte des Flugplatzes in St. Quentin/Roupy. Foto: Hendrik Bolz

Das Parfüm und anderes

Jürgen war regelmäßig von einem Hauch eines sehr angenehm riechenden, dezenten, gleichwohl wahrnehmbaren Parfüms umgeben. Insbesondere seine ehemaligen Flugschülerinnen erinnern sich selbst heute noch lebhaft an diesen Duft.

So geschah es einmal, dass sich Julia nach einem Lehrerstart wieder startfertig machte. Es war der Tag nach ihrem 14. Geburtstag. Für Segelflugschüler ein wichtiges Alter, da sie mit 14 Jahren von Rechts wegen alleine fliegen dürfen. Während sie ihre Gurte festzog und sich auf den Start vorbereitete, bemerkte sie, wie das Gurtschloss des Lehrersitzes klickte, und schloss daraus, dass sich Jürgen gerade angeschnallt habe. Sie hörte, wie sich die hintere Haube schloss und verriegelte ihre Haube und begann ihren Startcheck durchzuführen. Hinter sich hörte sie zustimmende Worte und ging davon aus, dass sie, wie so oft in ihrer Ausbildung, einen Flug mit Jürgen, ihrem Lieblingsfluglehrer machen würde. Umso erstaunter war sie, als er plötzlich neben ihr stand.

„Fliegst Du nicht mit?", fragte sie.

„Nein, du fliegst jetzt alleine, denn du kannst es!", war die Antwort. „Wir haben dir alles beigebracht, was wir dir beibringen können. Otto und ich sind der festen Überzeugung, dass du bereit bist. Ich werde dich schleppen. Falls während des Starts etwas passieren sollte, handelst du so, wie wir es geübt haben." So beruhigt bejahte sie die Frage, ob sie sich den Alleinflug zutraue.

Im Rückblick sagt sie heute, besonders beruhigend neben der Tatsache, dass er im Schlepp ja noch in der Nähe war, sei der Geruch von Jürgens Parfüm gewesen, den sie noch flüchtig wahrnehmen konnte. Für sie war es, als ob er mit ihr im Flieger sitzen würde, und sie wusste alles würde gut gehen. So fühlte sie sich sicher und bestand die A-Prüfung mit Bravour. Wenn sie heute in die vereinseigene K-7 steigt, erinnert sie sich immer an diesen Moment und vor allem diesen Geruch zurück.

Sylvia wollte gerne noch zum Ende der Saison ihren ersten Alleinflug schaffen. Dem standen lediglich noch leichte Korrekturen beim Flugzeugschlepp und beim Abfangen entgegen. Eher zufällig hörte sie, wie sich Jürgen mit einem zweiten Fluglehrer über Fehler von Flugschüler*innen beim F-Schlepp unterhielt.

„Eigentlich ist es doch recht einfach," meinte Jürgen, „man richtet im Kurvenflug die Nase auf die äußere Flügelspitze des Motorflugzeugs aus und lässt sich ein bisschen herumziehen. So läuft man nicht Gefahr, innen zu überholen."

Als sie nachmittags mit Jürgen einen weiteren Flug absolvierte, erinnerte sie sich an dieses Gespräch und steuerte ihre K-7 entsprechend. Dabei stellte sie auch zufrieden fest, dass Jürgen während des gesamten Schlepps nicht mehr eingriff. Ob dieses Gespräch ein Wink mit dem Zaunpfahl war?

Wenig später kam Jürgen mit einem Blatt Papier und einem Bleistift in der Hand auf sie zu. Anhand einer einfachen Zeichnung wollte er ihr erklären, wie man sicher landet.

„Weißt du, das Anschweben ist kein Problem, das Abfangen ist der Knackpunkt. Stell' dir die letzte Phase der Landung einfach als eine Kurve vor, die mit der Bodenberührung sanft endet.", sagte er, während er eine entsprechende, sanft gebogene Linie auf das Papier malte.

„Alles in Allem ist eine Landung eine runde Sache!"

Der UL-Schein

Jürgen war immer auf der Suche nach neuen fliegerischen Herausforderungen. Und so sagte er eines Tages: „Hermann, wir sollten einmal auf einem Altiport landen!"

Altiports sind Flugplätze in einer Höhe von mehr als 6000 Fuß mit einer stark ansteigenden Piste. 17 % Steigung sind keine Seltenheit. Eine Landung dort muss beim ersten Versuch gelingen, denn durchstarten kann man nicht. Das Problem war, dass man dazu für Motorflugzeuge und Motorsegler eine Bergflugberechtigung benötigte. Wie Jürgen herausfand, galt dies jedoch nicht für Ultraleichtflugzeuge.

„Hermann, komm' wir machen den UL-Schein!", war seine logische Konsequenz.

Gesagt, getan. Bei einer Flugschule in Speyer erwarben wir an einem Nachmittag diese Lizenz. Eine pyrotechnische Einweisung mit schriftlicher Prüfung, fünf Starts mit Fluglehrer und drei alleine, das war's. Und genau dieser Schein war die Grundlage für viele, herrliche gemeinsame Flüge.

Gap – Das erste Sicherheitstraining

Im Juli hatten wir unsere UL-Lizenz erworben, und gleich meldete Jürgen uns zum Flugsicherheitstraining unseres Verbandes in Gap-Tallard an. Fliegen wollten wir mit einer FK 9 – SMART, die wir in Speyer bei einer Flugschule chartern konnten. Um uns mit dem bestens motorisierten Flugzeug vertraut zu machen, flogen wir mehrere Platzrunden mit einem Fluglehrer der Schule. Diese FK 9 war fantastisch. Der turbogeladene Motor brachte 100 PS und die Leistung ließ auch in größerer Höhe kaum nach. Sagenhafte 6 Meter Steigen pro Sekunde und eine Reisegeschwindigkeit von 170 km/h bei geringem Kraftstoffverbrauch. Wir verliebten uns unverzüglich in diese Maschine.

Eine Besonderheit des Flugzeugs war der Freilauf des Propellers. Die Fliehkraftkupplung griff erst ab einer gewissen Motordrehzahl, und wir genossen es immer wieder, wenn Fliegerkameraden bei laufendem Triebwerk ungläubig auf unseren stillstehenden Propeller starrten.

Vor dem Aufbruch nach Gap Anfang September fand noch eine Informationsveranstaltung im Verbandszentrum statt, in deren Folge wir die umfangreich zur Verfügung gestellten Unterlagen intensiv studierten. Dabei wurde uns deutlich, dass Fliegen in Frankreich wegen der komplizierten Luftraumstruktur nicht gerade einfach, jedoch machbar ist.

Dann war es soweit. Wir sollten elf Uhr Ortszeit in Bremgarten sein, um von dort aus in verschiedenen, an den unterschiedlichen Leistungen der Flugzeuge orientierten Gruppen, weiter nach Bourg-en-Bresse zu fliegen.

Nach der Übernahme der SMART und einigen dienlichen Hinweisen des Besitzers starteten wir.

Flugplatz Speyer, v.r.n.l.: Jürgen, Elke, Hermann, Petra. Im Hintergrund die SMART. Foto: Otto Funk

Es war schon ein besonderes Gefühl, wie dieses durchaus gut beladene Flugzeug beschleunigte und nach dem Abheben steil in den grauen Himmel kletterte. Das Wetterbriefing hatte ergeben, dass der in der Rheinebene liegende Nebel sich im Laufe des Vormittags auflösen würde. Speyer war frei, und so gingen wir guten Mutes auf Kurs. Bis Karlsruhe verlief der Flug reibungslos. Jürgen studierte immer wieder Bordinstrumente und Karte und war's zufrieden. Östlich des Luftraums D von Karlsruhe/Baden wurde die Sicht schlechter und wir mussten sinken. Die Situation wurde nicht besser, sondern verschlechterte sich zusehends.

„Einflug in ein Schlechtwettergebiet, die häufigste Unfallursache, wir sollten umkehren!", meinte ich. „Hermann, heute Abend sind wir in Gap, aber nicht, wenn wir jetzt zurückfliegen.", antwortete Jürgen und rief Bremgarten Info, während ich begann, in vergleichsweise niedriger Höhe zu kreisen. Der Kontakt ergab, dass Bremgarten im Moment nicht anfliegbar war. Mehrere Piloten hätten sich schon vor uns gemeldet, man empfehle, nach Donaueschingen-Villingen auszuweichen und dort auf die sich sicher bald einstellende Wetterverbesserung zu warten. Es gelang uns leicht, durch das Murgtal auf die Schwarzwaldhöhe zu gelangen und anschließend auf dem Ausweichflugplatz zu landen. Dort trafen wir einen Großteil der Teilnehmer beim Kaffeetrinken. Jeder erzählte von seinen Erlebnissen auf dem Flug hierher. Ab und an telefonierte der Trainingsleiter mit Bremgarten, um sich über die dortige Wetterlage zu informieren. Alle waren zuversichtlich, noch heute Gap zu erreichen. Gegen elf Uhr empfahl er, zu tanken, denn bald könne es losgehen. Wir folgten seinem Rat nicht, denn wir wollten von Bremgarten aus mit einem vollen Tank starten.

Wie das so bei Gruppenflügen ist, befiel die Fliegerkameraden eine ungeheure Hektik. Motoren wurden gestartet und jeder versuchte, möglichst rasch zum Rollhalt zu kommen. Jürgen, der schon einige solcher Ausflüge erlebt hatte, beruhigte mich: „Hermann, das ist normal, lass' die nur vorfliegen, dann haben wir alle im Blickfeld. Manche von denen sind unberechenbar, und wenn du mitten in dem Pulk fliegst, ist das nicht ungefährlich."

Wir starteten als letzte. Es war ein herrlicher Flug über den Schwarzwald, und ich konnte Jürgen zeigen, wo ich als Forststudent vor mehr als 30 Jahren auf Exkursionen unterwegs war und wo ich Skilaufen gelernt hatte. Bald sahen wir Freiburg nördlich von uns, die Stadt meiner Albert-Ludwigs-Universität, meiner Alma Mater, mit der ich lange Jahre eine intensive Verbindung über das Institut für Forstwirtschaft und forstliche Betriebswirtschaft hatte.

Als wir uns in Bremgarten meldeten, waren die anderen schon gelandet.

„So mag ich das", meinte Jürgen, „jetzt können wir in aller Ruhe landen und tanken." So rollten wir am parkenden Feld der Teilnehmer vorbei zur Tankstelle. Während des Tankvorgangs sagte Jürgen plötzlich: „Hermann, die hau'n schon ab. Los, geh' schnell zahlen, ich mach' das hier fertig, sonst verlieren wir den Anschluss!" Und tatsächlich, getrennt nach Gruppen, rollten unsere Fliegerkameraden auf. Ich stürzte hoch auf den Tower und bat atemlos, zahlen zu dürfen.

„Geht jetzt nicht!", war die Antwort. „Muss erst diesen Massenstart abwickeln."

„Wir gehören dazu!", rief ich.

„Jetzt nicht mehr.", kam die prompte Antwort. Was damit gemeint war sollte ich bald erfahren: „Mittagspause, in einer Stunde geht es weiter." Ich zahlte und ging enttäuscht hinunter zu Jürgen und unserer Maschine.

„So ein Mist!", war Jürgens Antwort auf meinen Bericht. „Was machen wir jetzt?"

„Wir geben einen Flugplan auf, warten die Mittagspause ab und fliegen auf eigene Faust nach Bourg en Bresse. Dort sehen wir weiter.", schlug ich vor.

„Kennst du dich mit Flugplänen aus?", fragte Jürgen. Das konnte ich nicht uneingeschränkt bejahen. In unseren Unterlagen waren jedoch einige Beispiele, und später half uns zusätzlich der freundliche Flugleiter.

Im Funk hörten wir einen Piloten, der unseren Teamleader mehrfach rief und um Anschluss bat. Auch er war zu spät angekommen. Nachdem er keine Antwort erhielt, landete er in Bremgarten. Es war Johannes mit seiner Frau Barbara. Wir beschlossen, gemeinsam weiter zu fliegen, obwohl sie mit ihrer DA 20 schneller als wir sein konnten, und nahmen sie in unseren Flugplan auf.

Nach der Mittagspause rollten wir auf und starteten. Der SMART schnurrte fröhlich vor sich hin. Das Kernkraftwerk Fessenheim – ich erinnerte mich an die heftigen Demonstrationen gegen dessen Bau während meiner Studienzeit – ließen wir westlich liegen und unterflogen den Luftraum D von Bâle-Mulhouse. Danach konnten wir langsam Höhe gewinnen und parallel zum Höhenzug des Schweizer Jura Richtung Bourg-en-Bresse fliegen.

Die Navigation war recht einfach. Wir folgten der Autobahn A 36 und dem malerisch mäandrierenden Doubs, den die Bahnlinie Dole-Besançon-Belfort mehrfach kreuzt. Bald unter uns das Städtchen Montbéliard, als Mömpelgard mit einer Jahrhunderte währenden deutschen Vergangenheit. Wir überflogen gerade eine Gegend, in der deutsche und französische Vergangenheit innig verwoben war. Bald sahen wir voraus Besançon in der großen Schleife des Doubs liegen. Da die

Wetterbedingungen bestens waren, entschlossen wir uns nach Rücksprache mit Johannes, von dort aus direkt zu unserem Zwischenziel zu fliegen. Bei schlechten Bedingungen wären wir auf dem alten Kurs bis Dole geblieben, um von dort aus in der Ebene der Franche-Comté mit südlichem Kurs unser Etappenziel zu erreichen.

Beim Anflug auf den Platz stellte Jürgen ein weiteres Mal fest, wie entspannt es sei, wenn man nicht in einem Pulk von teilweise undisziplinierten Piloten fliege.

Unsere Fliegerkameraden waren gerade beim Tanken. Wir schlossen zunächst unseren Flugplan, um danach Treibstoff zu fassen. Weil einige sich nicht an die empfohlene Vorgehensweise gehalten hatten, herrschte an der Tankstelle ein heilloses Chaos, und es dauerte geraume Zeit, bis wir schließlich, nun gemeinsam, weiterfliegen konnten.

Der restliche Flug verlief reibungslos. In einem engen Seiten- und Höhenkorridor nach Grenoble und dann über das langgezogene Dractal nach Gap-Tallard. Jérôme begrüßte uns herzlich im RésidenCiel. Das vom Verband ausgerichtete Abendessen mundete allen sehr und danach wurde bei Wein und Bier noch die eine oder andere Erfahrung ausgetauscht.

*

Beim Briefing wies uns unser Teamleader auf die Bedeutung exakt anzeigender Höhenmesser hin. Dies sei insbesondere beim Anflug auf Altiports äußerst wichtig. Untauglich dagegen seien GPS-Daten, da viel zu ungenau.

Bei einem unserer nächsten Ausflüge war vorgesehen, bis auf 8.000 Fuß zu steigen. Ab 5.000 Fuß wurde die Höhe in 1.000er-Schritten durchgesagt. Bei den Ansagen 5.000 und

6.000 zeigte unser Höhenmesser genau diese Höhen. Danach blieb er bei 6.100 Fuß stehen. Wir klopften leicht ans Instrumentenbrett. Keine Reaktion. Erst als wir später im Sinkflug wieder 6.100 Fuß erreichten, arbeitete das Instrument erneut.

Abends beim Bier sinnierten wir intensiv, was die Ursache für das Verhalten unseres Höhenmessers sein mochte. Wir waren ratlos.

„Lass' uns den Höhenmesser beim Start um 2.000 Fuß zurückdrehen, und dann sehen wir weiter.", schlug Jürgen vor. Ein Testflug ergab, dass das Gerät nun bei 4.100 Fuß stehen blieb. Auch das erneute Klopfen auf das Instrumentenbrett half nicht. So nutzten wir nun den Flug, um an einem Gipfel mit Höhenangabe vorüberzufliegen und verglichen damit die GPS-Angabe. Sie war sehr exakt. „Willkommen im 21. Jahrhundert!", meinte Jürgen.

So flogen wir in den Folgetagen ohne Probleme mit der GPS-Höhe, sofern wir 6.100 Fuß überstiegen hatten.

Am letzten Abend vor unserem Heimflug auf der Veranda vor unserem Studio schlug sich Jürgen plötzlich mit der flachen Hand auf die Stirn: „Mensch, Hermann, sind wir blöd. Das ist ein 5.000 Fuß Höhenmesser, der kann nicht mehr!" Ja, das war des Rätsels Lösung.

Jahre später trafen wir zwei Fliegerkameraden im Résiden-Ciel, die intensiv darüber nachdachten, warum ihr Höhenmesser nicht mehr als 6.100 Fuß anzeige. Als wir ihnen den Grund dafür erläuterten, waren sie von unserer Sachkenntnis überwältigt.

*

Nachdem wir unter der Leitung unseres Teamleaders bei Ausflügen in die nähere Umgebung erste Erfahrungen im Alpenflug gesammelt hatten, war es soweit: Ein Ausflug zur Altisurface La Motte-Chalancon, LFJE, stand an. Das Gelände ist 2887 Fuß hoch gelegen und hat eine Landebahn von 534 m Länge und 26 m Breite. Beim Briefing wurden wir mit dem Anflugverfahren vertraut gemacht und auf die Verantwortung hingewiesen, die jeder von uns für sich und die anderen trug. Und schließlich fehlte auch der Hinweis nicht, dass ein Durchstarten dort nicht möglich sei. Wie in Frankreich auf Sportflugplätzen üblich, so war auch auf der Altisurface kein Flugleiterdienst eingerichtet. Alles musste auf der Basis der Kommunikation der Piloten untereinander abgewickelt werden.

Auf dem Flug zur Altisurface war noch eine Zwischenlandung in Aspres-sur-Buëch vorgesehen. Das Flugfeld war durchnässt und das Rollen sehr erschwert. Unser Teamleader legte größten Wert darauf, uns nochmals das Anflugverfahren einzuschärfen. Danach wurde die Reihenfolge der Starts festgelegt, und los ging's.

Es war schon ein besonderes Gefühl, dort zu landen, mitten in der rauen Gebirgswelt, weit entfernt von der nächsten Siedlung. Als Segelflieger waren wir gewohnt, auf Anhieb erfolgreich zu landen – und trotzdem: das hier war etwas Anderes. Jürgen, und das bewunderte ich stets an ihm, war die Ruhe in Person. Wir schwebten an, setzten auf und rollten, indem er sehr gefühlvoll Gas gab, hangaufwärts. Wir waren auf einer lückig mit Gras bewachsenen, grusübersäten Wiese gelandet. Die Abstellfläche war klein und reichte gerade eben für alle. Wir tauschten die Plätze und ich flog eine Platzrunde.

Die Piste der Altisurface La Motte Chalancon. Foto: Jürgen Grünenwald.

„Hermann, sei vorsichtig mit dem Gas. Wenn du den Grus aufwirbelst, kann das leicht das Leitwerk beschädigen." Wie recht er hatte. Mehrere Piloten standen vor ihren Höhenleitwerken und begutachteten zahlreiche Beulen als Folge des Steinschlags. Gott sei Dank war keines so schwer beschädigt, dass damit nicht wieder nach Hause geflogen werden konnte.

Uns war klar: ein weiteres Mal würden wir nicht mehr auf einer Altisurface landen.

*

Bereits am nächsten Tag wartete ein weiteres Erlebnis der besonderen Art. Dieses Mal wurde der Altiport Alpe d'Huez angeflogen. Vorab erfolgte wiederum ein ausführliches Briefing, und los ging es. Nach dem Abenteuer in La Motte-Chalancon hatten wir nun schon eine gewisse Übung und die Landung sowie eine Platzrunde erfolgten reibungslos.

Die Piste von Alpe d'Huez mit anfliegendem Flugzeug. Foto: Jürgen Grünenwald

Anders als tags zuvor waren wir heute auf 6103 Fuß Höhe. Die befestigte Landebahn hatte eine Länge von 448 m und eine Breite von 30 m. Die Neigung betrug stattliche 15 %. Der Blick auf die Bergwelt mit dem Nationalpark Ecrins war atemberaubend. Die wahre Energie dieser Landschaft erkannten wir später beim Weiterflug über das Skigebiet Les deux Alpes.

Einerseits kommt man sich ungeheuer klein vor angesichts der Gebirgs- und Schneemassen, andererseits ist man glücklich darüber, dass die Menschheit Mittel und Wege gefunden hat, sich auf diese Weise über die Natur zu erheben.

„Hermann, lass' uns zum Galibier fliegen. Wolfgang fährt oft mit seinem Motorrad dorthin." Gesagt, getan. Beim Überfliegen des Passes gerieten wir in ein Lee, aus welchem wir uns konsequent befreiten.

„Flachland geht anders!", meinte Jürgen. Danach überflogen wir Briançon mit einem wunderbaren Blick auf die Vauban'sche Festung, die nach dem verheerenden Brand von 1692 erbaut worden war.

„In dieser Gegend sollten wir einmal Urlaub machen.", meinte Jürgen.

In der Höhe des Ortes bogen wir nach Süden ab, um in Mont-Dauphin St.-Crépin zu landen. Dort trafen wir unsere Fliegerkameraden in einem schönen Lokal und genossen die sehr schmackhaften Produkte der regionalen Küche.

*

Am Abend des Ausflugs nach Alpe d'Huez ging es schon um die Planung des Heimflugs. Jürgen hatte bereits Tage zuvor mit anderen unseren Teamleader darauf angesprochen, ob wir nicht über die Schweiz, vorbei am Mont Blanc, nach Hause fliegen könnten. Dieser konnte sich das gut vorstellen, wies jedoch auf den anderslautenden Wunsch des Chef d'équipe hin. Dieser wollte die klassische Route über das Rhonetal nehmen.

Es war ungeheuer spannend, wie die beiden sich schlussendlich darauf einigten, dass wir uns in zwei Gruppen teilten, wovon eben eine, zu der wir gehörten, über die Schweiz fliegen würde.

Das Wetterbriefing ergab, dass der Flug machbar war, wir allerdings streckenweise mit einer geschlossenen Wolkendecke mit Obergrenze in etwa 6.000 Fuß zu rechnen hatten.

Nach dem Auschecken und Beladen der Flugzeuge ging es los. Über die Pflichtmeldepunkte E1 und N verließen wir den uns inzwischen ans Herz gewachsenen Flugplatz Gap-Tallard. Steigen war angesagt, um über den Col Bayard zu gelangen. Jenseits der Passhöhe lag eine geschlossene Wolkendecke, über der wir weiter Richtung Alpe d'Huez flogen. Die Wolken stiegen an, sodass auch wir weiter steigen mussten. Für unseren SMART war dies trotz des Höhenmessers, der wiederum bei 6.100 Fuß stehen blieb, kein Problem. Bald waren wir auf 10.000 Fuß und die Wolken drohten nach wie vor, uns zu schlucken. Also stiegen wir weiter. Unser Teamleader hatte zwischenzeitlich Kontakt mit Zürich aufgenommen, von wo aus immer wieder die Aufforderung kam, abzusteigen.

„Negativ, wir haben keine Bodensicht!", war die lakonische Antwort.

„Wenn jetzt der Motor ausfällt.", wandte ich mich an Jürgen.

„Hermann, das tut er nicht und er weiß auch nicht, dass unter den Wolken schwieriges Gelände ist."

Es waren atemberaubende Momente, die wir erlebten. Über uns ein strahlend blauer Himmel, unter uns ein grauweißliches Wolkenmeer, aus dem nur die allerhöchsten Berge der Alpen herausragten, der Mont Blanc, die Aguille du Midi und wenige andere. Auch wenn es in unserem kleinen Flugzeug angenehm warm war, so glaubte man doch, die lebensfeindliche Kälte draußen zu spüren. Bei mir stellte sich das Gefühl ein, nun nicht mehr richtig zu dieser Erde zu gehören, sondern die Hand nach einer anderen Welt auszustrecken - ein wunderbares Gefühl.

Über den Wolken. Foto: Jürgen Grünenwald

Über Bern holte uns die irdische Realität wieder ein. Die Wolkendecke war dort lückig, und wir konnten der Aufforderung, abzusteigen, nun Folge leisten. Bâle-Mulhouse gewährte uns später ein Midfield-crossing, und danach landeten wir unendlich bereichert in Bremgarten. Der Heimflug von dort nach Speyer verlief reibungslos.

Otto konnten wir bestätigen, dass sein SMART ein wunderbares Flugzeug ist, und wir wiederkommen würden.

Gap – das zweite Sicherheitstraining

Und wir kamen wieder. Das erste Sicherheitstraining hatte uns sehr gut gefallen. Die Verbindung fliegerischer, landschaftlicher und kultureller Eindrücke war überwältigend und eingebettet in das sehr ansprechende Ambiente des Résiden-Ciel. Und so entschlossen wir uns bereits im Folgejahr, wieder an dem Flugsicherheitstraining des Landesverbandes teilzunehmen. Wir charterten wieder den SMART. Otto wies uns vor unserem Abflug darauf hin, dass es durchaus, was aber eher unwahrscheinlich sei, zu einem spontanen Notbetrieb des Triebwerks kommen könne. Dann erschiene auf dem Display die Aufforderung, die nächste Werkstatt anzufahren. In diesem Fall sei lediglich der Motor kurz abzuschalten und erneut zu starten. Danach sei wieder alles okay. Wir waren etwas überrascht, gingen jedoch davon aus, dass dieser Fall während unseres Ausflugs nicht auftreten würde.

Der Flug nach Bremgarten verlief reibungslos, ebenso wie der Weiterflug über Bourg-en-Bresse nach Gap-Tallard.

Auch dieses Mal war ein Flug nach Alpe d'Huez vorgesehen. Ich übernahm den Hinflug. Nach den obligatorischen Überflügen ,pour la reconnaisence du terrain' meldeten wir ,Downwind' und ,Baseleg'. Beim Einkurven in das ,Final' nahm ich das Gas ein wenig zurück, woraufhin der Motor erheblich an Drehzahl verlor. Während mir ganz heiß wurde, meinte Jürgen: „Hermann, nicht soviel Gas rausnehmen!". Ohne meine Einwirkung nahm der Motor nach kurzer Zeit wieder Drehzahl auf. Auf dem Display, das ich sofort fixiert hatte, war kein Hinweis auf einen erforderlichen Werkstattbesuch erschienen. Nach der Landung unterhielten wir uns über diesen Vorfall.

Ich beteuerte, das Gas nur geringfügig herausgenommen zu haben. Schlussendlich ließen wir die Angelegenheit offen im Raum stehen.

*

Tage danach unternahmen wir einen Ausflug nach Fayence. Jürgen hatte die Angewohnheit, abends den kulturhistorischen Hintergrund von Sehenswürdigkeiten via Internet zu erkunden und so stieß er auch auf das mittelalterliche Dörfchen Fayence, das zu seiner Zeit auch der Sommersitz der Bischöfe von Fréjus war.

Es gab noch einen weiteren Grund. Fayence war das erste Alpenflugzentrum Frankreichs, und unser Fliegerkamerad Boris hatte dort mit unserer DG 200 8.200 m Höhe erreicht.

Der Hinflug verlief nicht ganz reibungslos. Über den Alpes de Provence gerieten wir in eine heftige Turbulenz, die jede Kontrolle des Flugzeugs ausschloss. Ich nahm das Gas zurück, um das Flugzeug zu entlasten. Nach einer gefühlten Ewigkeit flogen wir wieder in einer laminaren Strömung. Wir sahen uns gegenseitig an und dachten an Wolfgang, dem die Röhrchen, aus denen unser UL aufgebaut war, zu dünn waren. Ja, in unserer Morane hätten wir uns wohl sicherer gefühlt.

Vom Flugplatz aus stiegen wir den steilen Weg hinauf in den Ort. Die Eglise Saint Jean-Baptiste, die Ateliers, die Restaurants sowie die engen Gassen verwoben sich zu einem sehr ansprechenden Ambiente. Auf der Burgruine genossen wir den weiten Blick über das Land vor der Mittelmeerküste. Tief unten auf dem Flugplatz wartete unser SMART.

Die Dächer von Fayence. Foto: Hermann Bolz

Danach ging es zum Rückflug über die Schlucht des Verdon.
Jürgen hatte übernommen und rollte auf. Als er gefühlvoll
Gas gab, stieg der Drehzahlmesser nicht über 4.500 Umdre-
hungen. Jürgen prüfte, ob er wirklich Vollgas gegeben hatte.

Das traf zu. Gleich danach hoben wir ab und stiegen leicht. Quer vor uns lag in einiger Entfernung zum Flugplatz ein Hügel, den wir überfliegen mussten. Da beim Start kein Wind geherrscht hatte, entschlossen wir uns nach kurzer Rücksprache, keinen Abbruch zu riskieren. Lange bevor wir die Erhebung erreichten, stieg die Drehzahl wie von Geisterhand gesteuert auf 5.600 und unser SMART war wieder der alte. Auch dieses Mal war auf dem Display keine Aufforderung zum Besuch einer Werkstatt erschienen.

Der Blick in die Schlucht des Verdon war atemberaubend.

„Hermann, wenn wir hier einmal Urlaub machen, müssen wir die Schlucht unbedingt besichtigen!", meinte Jürgen, und ich stimmte uneingeschränkt zu.

Nach der Landung setzten wir uns an die Bar des RésidenCiel und tranken ein Bier.

„Hermann, entschuldige. Ich weiß nun, dass du in Alpe d'Huez nicht zu viel Gas herausgenommen hast. Was das nur sein mag?"

„Lass' uns vor jedem Start eine Vollgasprobe machen.", war mein Vorschlag. Jürgen nickte zustimmend, und damit war das Thema zunächst erledigt.

Die Schlucht des Verdon. Foto: Jürgen Grünenwald

*

Schließlich kam der Tag des Heimflugs. Es war ein Start in Formation geplant, wir an zweiter Stelle. Bis dahin hatten wir
keine weiteren Probleme mit dem Motor gehabt, und so war

es auch nachvollziehbar, dass Jürgen keine Vollgasprobe machte. Nach der Startfreigabe lief unser Triebwerk wieder nur auf 4.500 Umdrehungen. Der inzwischen routinierte Blick auf das Display ergab keine besonderen Hinweise. „Abbruch geht nicht!", meinte ich mit Blick auf die hinter uns startenden Maschinen. „Hermann, der kommt gleich voll. Das wissen wir doch inzwischen!", meinte Jürgen. Und so kam es auch. Bald nach dem zaghaften Abheben, wir waren heute voll beladen, nahm das Triebwerk volle Drehzahl auf, und den Rest des Tages bis zur Landung in Speyer hatten wir keine Probleme.

„Wir müssen das Otto sagen!", meinte Jürgen. Dieser hörte unserem Bericht gespannt zu. Zunächst hatte er keine Vorstellungen, was dieses eigenartige Verhalten des Motors ausgelöst haben könnte. Er wollte das in den nächsten Tagen klären. Dann vermutete er: „Das könnte an dem französischen Treibstoff liegen."

Geraume Zeit später war zu erfahren, dass der Turbolader des SMART defekt war.

Crémant

An unseren Flugtagen sonntags nahm Jürgen regelmäßig teil. Meistens kam er etwas später als zum offiziellen Beginn 09.30 Uhr. Das änderte sich erst, als es als Folge der Corona-Epidemie erforderlich wurde, zu Beginn des Flugbetriebes alle Personen zu erfassen.

„Hermann, alles klar?", war die Begrüßung mir gegenüber.

Die Fluglehrer unseres Vereins ergänzten sich ohne große Planung ebenso spontan wie die Schlepppiloten, zu denen Jürgen auch gehörte. Als solcher war er der effektivste von uns. Seine Abstiege waren rasant, und er vermied, wann und wo es ging, durch Fliegen in Bierflaschenhöhe entgegen der Startrichtung, das Fahrwerk durch langes Rollen zusätzlich zu belasten.

Nach dem Einräumen der Maschinen in die Hangars fanden wir uns regelmäßig in der sogenannten Kabelrunde zusammen. Kabelrunde deshalb, weil wir rund um eine große Kabeltrommel saßen, die Björn, der bei einem Stromversorgungsunternehmen tätig ist, besorgt hatte. Für dieses Beisammensein hielten wir Getränke vor, und es ergaben sich regelmäßig viele Gespräche über Erlebtes und Geplantes.

Eines Tages hatte Jürgen, der mit seiner Frau im Elsass wohnte, einen Karton Crémant sowie ein „Dubbeglas" mitgebracht. Abends bei der Kabelrunde befüllte er das Glas mit diesem Getränk und ließ es kreisen. Der Stoff mundete hervorragend und wurde zum Standardgetränk. Da manche gar keinen Alkohol oder nur wenig davon tranken, „flog" das Glas auch schon mal verkürzte Platzrunden. Wenn jemand dessen

Ankunft nicht wahrnahm und deshalb der Kreislauf ins Stocken kam, wurde dem mit dem Ruf „Frau Hilbert" abgeholfen. Mancher, der neu in der Runde war, hielt dann zur Erheiterung anderer Ausschau nach der vermeintlichen Frau Hilbert.

Auch dies waren Momente, in denen das Familiäre in unserem Verein weiter an Tiefe gewann, und Jürgen hatte großen Anteil daran. Noch zu seinen Lebzeiten fand dieser Brauch ein Ende durch die Regelungen im Zusammenhang mit der Corona-Epidemie. Niemand weiß so genau, ob wir jemals wieder gemeinsam aus einem kreisenden „Dubbeglas" trinken werden.

Gap - Das dritte Flugsicherheitstraining

Nach drei Jahren Pause meldeten wir uns wieder einmal zum Flugsicherheitstraining in Gap an.

Zum Flug nach Bremgarten trafen wir uns auf dem Flugplatz in Speyer. Auf dem Weg zum Hangar unseres Vercharterers sahen wir diesen mit hängenden Schultern auf uns zukommen.

„Hermann, da ist was faul!", vermutete Jürgen, und er hatte Recht.

„Ihr Männer, wir haben ein Problem.", meinte der gute Mann. „Ich kann euch die Maschine nicht geben, sie ist abgelaufen."

„Nicht wir, sondern du hast ein Problem.", erwiderte Jürgen. Wir haben uns verbindlich zu dem Flugsicherheitstraining angemeldet, schon bezahlt und wollen heute Abend in Gap sein."

„Ich weiß das,", meinte unser Geschäftspartner, „aber was soll ich machen? Ohne die Nachprüfung könnt ihr nicht fliegen."

„In diesem Hangar stehen doch jede Menge UL. Gib' uns eben ein anderes!", schlug Jürgen vor.

„Das sind alles Maschinen aus Haltergemeinschaften, über die ich nicht ohne Weiteres verfügen kann", war die Antwort.

„Wem gehört denn die D-MALF hier vorne?", fragte Jürgen.

„Zwei Fliegerkameraden und mir", war die Auskunft.

„Na also", meinte Jürgen, „dann nehmen wir die. Wir fliegen in der nächsten Woche mindestens zehn Stunden, das ist doch auch eine schöne Einnahme für euch."

Der gute Mann meinte zögernd, dazu müsse er erst seine Partner fragen, und begann zu telefonieren. Es war für ihn wohl ein harter Kampf. Erst der Hinweis, dass wir Fluglehrer seien, schien zu überzeugen, und unter der Voraussetzung, dass wir mit ihm einen Überprüfungsflug machten, stimmten sie der Vergabe der Maschine an uns zu.

Mein Überprüfungsflug dauerte sechs Minuten und verlief zur Zufriedenheit unseres Vercharterers. Danach war Jürgen dran. Mit ihm war das meiner Meinung nach ebenfalls nur eine Formsache. Er ließ den Motor an und rollte los. Nach etwa 20 Metern stoppte das Triebwerk und die Maschine rollte aus.

„Was ist los?", fragte ich, nachdem die Beiden ausgestiegen waren.

„Die Bremsen funktionieren nicht mehr", erklärte Jürgen.

„Damit ist euer Ausflug nach Gap leider endgültig gestorben!", ergänzte der Vercharterer. „Das tut mir nun wirklich leid, aber mehr kann ich nicht machen."

„Wir sind heute Abend in Gap!", erwiderte Jürgen.

Zunächst bauten wir den Sitz aus. Im Rumpf stand Bremsflüssigkeit.

„Hermann, fahr' zur nächsten Tankstelle und besorge Bremsflüssigkeit. Ich suche derweil die undichte Stelle", forderte Jürgen mich auf.

„Das ist alles nicht so einfach!", warf unserer Partner ein. „Das Bremssystem muss später entlüftet werden, dazu braucht man einen Fachmann!"

„Das können wir auch!", beruhigte ihn Jürgen und dachte dabei sicher an unsere Erfahrungen bei der Entlüftung der Bremsanlage unserer Morane.

Als ich zurück kam war die Flüssigkeit aus dem Rumpf entfernt und alle Anschlüsse waren überprüft.

„Alles in Ordnung!", meinte Jürgen.

Wir füllten Bremsflüssigkeit auf und entlüfteten das System. Nach einer Bremsprobe stand wieder Bremsflüssigkeit im Rumpf.

„Das war's wohl endgültig. Ihr seht doch, es soll heute nicht sein!", meinte unser Vermieter.

Wortlos fühlte Jürgen am Dreiwegehahn, über den auch die Feststellbremse bedient wurde. Dabei stellte er fest, dass dieser Flüssigkeit verlor.

„Den bauen wir aus und überbrücken die Leitungen!", entschied er.

„Dann habt ihr ja keine Feststellbremse mehr!", brachte unser Partner seine Sorge um sein Flugzeug zum Ausdruck.

„Doch", beruhigte ihn Jürgen, „das machen wir im Bedarfsfall mit einem Spanngurt, Hermann hat einen in seinem Wagen."

Der Dreiwegehahn war bald ausgebaut, die Leitungen miteinander verbunden und der Sitz wieder eingebaut. Unser Vermieter blickte etwas unglücklich drein. Wir jedoch erreichten gerade noch rechtzeitig Bremgarten und waren abends mit den anderen Fliegerkameraden in der Tat im RésidenCiel in Gap-Tallard.

*

Unsere Ausflüge in Gap planten wir mit Ausnahme derer nach Alpe d'Huez selbständig. Wir kannten die Gegend inzwischen gut genug, um dort unabhängig fliegen zu können. Ein herausragendes Erlebnis war ein Flug nach Barcelonnette. Wir verließen Gap-Tallard über die Meldepunkte E 1 und E und folgten dem Fluss Durance bis zum Lac de Serre-Ponçon, den wir nördlich von uns liegen ließen. Danach ging es durch ein enges Tal bis zum Flugplatz Barcelonnette Saint-Pons. Die dortige Landebahn ist über einen leichten Hügel gebaut, so dass man nach dem Aufsetzen und vor dem Start das gegenüberliegende Ende nicht einsehen kann. Rollbahnen gibt es angesichts der Enge des Tales nicht. Hierzu muss man ebenfalls nach entsprechender Ankündigung die Startbahn benutzen.

Nachdem wir unser Flugzeug geparkt und wegen des starken Windes die „Spanngurt-Feststellbremse" aktiviert hatten, schlenderten wir zu Fuß in das etwa zwei Kilometer entfernt liegende Städtchen. Jürgen hatte sich abends zuvor über dessen Geschichte informiert. Demnach waren viele Einwohner im 19. Jahrhundert von dort nach Mexiko ausgewandert und nicht zuletzt wegen ihres intensiven Zusammenhalts zu großem Reichtum gelangt. Nach ihrer Rückkehr errichteten die Nachfahren der ursprünglichen Auswanderer großzügige Villen im mexikanischen Stil, die die Architektur des Städtchens und dessen Umgebung sehr bereichern.

Auf dem Rückweg zum Flugplatz kamen wir an einem Supermarkt vorbei. Ohne ein Wort zu sagen, steuerten wir auf den Eingang zu und erwarben zwei Karton Fasswein, davon jeweils drei Liter Weiß- und Rotwein. So waren wir unabhängig von dem Restaurant im RésidenCiel und genossen fortan abends den süffigen Wein auf unserer kleinen Veranda.

Landung in Barcelonnette. Foto: Jürgen Grünenwald

Dieser Fasswein im Karton, oder Boxwein, wie ihn später unsere amerikanischen Freunde nannten, hat viele Vorteile. Einer davon liegt darin, dass er innerhalb des Kartons in einen luftdichten Beutel gefüllt ist und daher nicht oxidieren kann. Deshalb ist er länger als Flaschenwein haltbar, was für uns allerdings nicht sehr entscheidend war.

*

Etwas nordwestlich des Flugplatzes gibt es ein markantes Bergprofil, das im Volksmund „Der liegende Indianer" genannt wird. Auf dessen Rücken soll einmal ein französischer Pilot gelandet sein, und so war es nicht mehr als verständlich, dass Jürgen einmal vorschlug, die Situation dort vor Ort zu erkunden. So machten wir uns abends auf den Weg. Wir verließen die Platzrunde über E 1 und N. Dann steuerte Jürgen den südlichen Hang des Bergmassivs an. Wir stiegen mit Blick auf die im Westen schon tiefer stehende Sonne. Wie auf einer Perlenkette aufgereiht kamen uns drei Segelflugzeuge, näher am Hang als wir, entgegen. Sie waren wohl auf dem Heimflug nach Sisteron oder St. Auban. Ein überwältigend schöner Anblick, wie sie so elegant in der Luft lagen.

Bald hatten wir mit 9000 Fuß die Höhe des Berges erreicht. In der Tat bot er eine lange, leicht steigende ebene Fläche, auf der allerdings ungezählte Steinbrocken lagen. Jürgen versuchte bei mehreren Anflügen, eine freie Flucht in dem Wirrwarr zu entdecken. Keine Chance. Mit unseren kleinen Rädchen war eine Landung absolut ausgeschlossen.

Der liegende Indianer. Foto: Hermann Bolz

Besonders beeindruckend ist der nahezu senkrechte Abfall des Berges im Osten über beinahe 2000 Meter. Nachdem wir die Unmöglichkeit einer Landung eingesehen hatten, flogen wir im starken Sinkflug über N und E 1 wieder zurück zum Platz. In lebhafter Erinnerung blieben uns die drei Segler im Abendlicht. Obwohl sie uns so beeindruckt hatten, schlossen wir für uns jedoch Segelflug in den Alpen aus.

Schnepfenried

Es war Wolfgangs Idee gewesen: Ein Wochenende auf einer Hütte des Ski- und Kanuclubs Kaiserslautern e.V. in den Vogesen. Von dieser Hütte hatte ich schon in meiner Gymnasialzeit gehört, denn mein Sportlehrer hatte sich dort ehrenamtlich engagiert. Wir vereinbarten ein Wochenende im März und wollten uns freitagnachmittags dort treffen. Wegen eines dienstlichen Termins kamen Petra und ich etwas später. Wolfgang, seine Frau, ihr Sohn Philip sowie dessen Freundin mit ihren Eltern und Jürgen mit Elke waren schon da. Wolfgang hatte für die Verpflegung gesorgt, und gleich der erste Abend war sehr harmonisch und gemütlich.

Am nächsten Tag war Skifahren angesagt. Petra und Elke unternahmen vorab noch einen Schneespaziergang. Trotz der bereits fortgeschrittenen Jahreszeit hatte es noch einmal tüchtig geschneit und die Schneeverhältnisse waren hervorragend. Lediglich der dichte Nebel beeinträchtigte das Vergnügen.

Nachdem Petra zurück war, schnallten wir die Skier an. Mit meinen alten Kneissl-Skiern war ich der Dinosaurier auf der Piste. Lange schon war ich nicht mehr Ski gelaufen und völlig außer Übung. Beim ersten Anfahren am Tellerlift gelang es mir nicht, mich auf denselben zu setzen. So umklammerte ich das Stückchen Holz und ließ mich mit angewinkelten Armen ziehen. Das war eine sehr kräftezehrende Angelegenheit und endete, wie es enden musste. Etwa 200 Meter vor dem Ziel verließen mich meine Kräfte vollständig und ich stieg aus. Danach überwand ich eine Hecke, die die Liftspur von der zum damaligen Zeitpunkt bereits stillgelegten Piste trennte, und machte mich auf den Weg zur Bergstation. Dabei näherte ich mich Petra und Jürgen von deren abgewandter Seite. Beide starrten gebannt zur Talstation, und ich hörte im Näherkommen Jürgen sagen: „Der müsste doch schon lange da sein, Ich fahr' mal runter und schaue nach!". Ich konnte ihn gerade noch rechtzeitig aufhalten. Über mein Missgeschick lachten wir herzlich.

Das kleine Skigebiet bietet alle Schwierigkeitsgrade. Jürgen und Petra flogen nur so die Hänge hinunter. Ich staunte, wie elegant Jürgen fuhr. Das hatte ich ihm nicht zugetraut, denn im Alltag wirkte er körperlich eher etwas steif. Selbst hatte ich größere Probleme, nämlich keine Übung und antiquarisches Material.

„Hermann braucht eine Pause!", meinte Jürgen zu meiner Erleichterung nach mehreren Abfahrten. „Lasst uns zur Hütte fahren." Als er das sagte, lächelte er verschmitzt. An der Hütte angekommen hielt er an einem bergseitigen Fenster und klopfte gegen die Scheibe. Das Fenster wurde geöffnet und Wolfgang reichte jedem von uns eine Tasse heißen Glühweines.

„Hermann, danach bist du lockerer und fährst noch besser!", meinte Jürgen, und auf ging's zu weiteren Runden, die ich tatsächlich mit etwas mehr Eleganz bewältigte.

Nach dem Abendessen saßen wir wieder in gemütlicher Runde beisammen. Jürgen tippte auf seinem iPad herum, und endlich hatte er gefunden, wonach er suchte: ein Video über den Begang des Jubiläumsgrates zwischen Alp- und Zugspitze. Atemberaubende Bilder waren da zu sehen, und wir waren alle beeindruckt von den Leistungen der beiden gezeigten jungen Bergsteiger. Uns war klar, dass wir eine solche

Herausforderung nie bestehen und wir diesen Grat nie bege-
hen würden, aber: „Daran entlangfliegen, das könnten wir!",
schlug Jürgen vor. Und so kam dieses Thema immer wieder
zur Sprache.

Glück im Unglück

Jürgen war der Pilot unseres Vereins, der nach dem Ausscheiden von Boris die meisten F-Schlepps durchführte. Er tat das mit Leib und Seele, und seine Abstiege nach dem Ausklinken des Segelflugzeugs waren eindrucksvoll. Jürgen beherrschte unsere Morane im Schlaf.

Es war wieder ein schöner Sommertag, und unser Ausbildungsbetrieb lief gut. Ich saß mit einem Flugschüler in unserer K-7 und wartete auf die Schleppmaschine. Da kam sie auch schon. Statt vor uns zu wenden, rollte sie an uns vorbei und parkte. Während wir noch rätselten, was der Grund hierfür sein mochte, machte das Wort von einer Kollision zwischen Jürgen und einem Segelflugzeug die Runde. Rasch stiegen wir aus und gingen zu unserer Schleppmaschine. In der Tat: Der linke Randbogen war schwer beschädigt.

Gleich darauf landete die LS4a mit Steven als Pilot und danach unsere Astir mit David. Im Gespräch ergab sich folgender Unfallhergang: In etwa 300 m Höhe kam die LS4a aus der Sonne rasch auf den Schleppzug zu. Steven konnte wohl den Schleppzug nicht sehen, Jürgen ihn erst sehr spät. Er riss die Maschine nach rechts weg, während David geistesgegenwärtig ausklinkte. Die Linke Fläche de Morane traf die linke Flügelunterseite der LS4a, die glücklicherweise steuerbar blieb.

Alle Beteiligten versuchten zunächst einmal, zur Ruhe zu kommen. Danach ging Jürgen zu Steven und unterhielt sich mit ihm über den Unfall. Glücklicherweise hatte es nur einen Materialschaden gegeben. Wenige später suchte er ihn noch einmal auf, um ihm zu sagen, wie wichtig es nun sei, dass sie beide rasch wieder flögen, denn wenn man das nicht täte, würde man nie wieder fliegen. Anschließend sprachen wir auch mit David, den wir im ersten Moment etwas vernachlässigt hatten.

Jürgen machte seinen Vorsatz wahr. Er flog bald wieder. Ebenso Steven.

Der beschädigte Randbogen unserer Morane. Foto: Julia Bolz

Paris

Es hatte sich eingebürgert, dass Jürgen und ich uns gemeinsam mit unseren Frauen gegenseitig besuchten. Der Schwerpunkt dieser Besuche lag bei Jürgen und Elke. Sie wohnten damals im Elsass in einem schönen Haus, das sie dort gekauft hatten. Mitunter waren auch Wolfgang und Ellen mit von der Partie. Bei diesen Gelegenheiten grillte Jürgen regelmäßig. Er hatte eine hervorragende Bezugsquelle für Rindfleisch, verstand es, dieses perfekt zuzubereiten, und Elke zauberte geschmackvolle Antipasti und Beilagen dazu. Beim gemütlichen Zusammensein nach dem Essen wurde viel erzählt, und so berichteten wir auch einmal von unserem Besuch im Crazy Horse in Paris. Es stellte sich heraus, dass Jürgen und Elke Paris ebenfalls sehr mochten, und so beschlossen wir, gemeinsam einen Ausflug in die französische Hauptstadt zu unternehmen.

Petra organisierte das Ganze, und Ende Januar 2019 war es dann soweit. Frühmorgens holten uns Elke und Jürgen bei uns zu Hause ab. Der Wagen wurde im Bahnhofparkhaus in Kaiserslautern geparkt, und wenig später saßen wir im ICE nach Paris.

Es war sehr eindrucksvoll, wie wir an den Fahrzeugen auf der mitunter parallel zur Zugstrecke verlaufenden Autobahn vorüberzogen, obwohl wir wegen des winterlichen Wetters mit verminderter Geschwindigkeit fuhren.

„Schneller als ein UL!", meinte Jürgen und zog vier Piccoli aus seinem Rucksack. In Vorfreude auf ein schönes Wochenende stießen wir an.

Nach etwa zweieinhalb Stunden verließen wir in der Gare de l'Est den Zug. Im Strom der Menschenmenge gelangten wir ins Freie und machten uns, den Rucksack auf dem Rücken und den Rollkoffer an der Hand, auf dem Weg zum Hotel du Pré. Die Gehsteige waren offensichtlich häufig von Hundebesitzern begangen worden, denn in der Nähe der Hausmauern lagen immer wieder kleine Häufchen Hundekot. Jürgen führte seinen Rollkoffer auf der Gebäudeseite und passierte immer wieder eine solche Hinterlassenschaft mit den Rädchen seines Koffers. Auf Elkes besorgten Hinweis, die Kothaufen besser zu meiden, meinte er trocken, die Räder seien als Folge der Zentrifugalkraft wieder sauber, bis wir zum Hotel kämen.

Unsere Zimmer waren noch nicht bezugsfertig. So gingen wir noch auf einen Kaffee in ein Lokal. Dort beschlossen wir, gegen Abend mit der Metro zum Montparnasse zu fahren. Bei dieser Gelegenheit erzählte uns Jürgen von einem vergangenen Vorfall in der Metro. Beim Einsteigen hatten ihn zahlreiche Jugendliche bedrängt, und er spürte, dass man ihm seinen Geldbeutel entwendet hatte. Kurzerhand packte er den nächststehenden beim Kragen und forderte dessen Herausgabe. Dieser gab sich überrascht und äußerte, von nichts etwas zu wissen. Zum Beweis kehrte er seine Taschen um. Natürlich kein Geldbeutel. Dieser war schon längst zu Komplizen durchgereicht worden. Es dauerte Stunden, bis er alle Formalitäten in diesem Zusammenhang erledigt hatte. Also: aufpassen.

Unsere Fahrt mit der Metro verlief reibungslos. Im Quartier Montparnasse angekommen nahmen wir ein gutes Abendessen in einem Restaurant in der Nähe des Tour Montparnasse. Danach machten wir uns auf den Weg. Jürgen versprach uns einen gigantischen Blick über das nächtliche Paris. Zunächst stiegen wir in den falschen Aufzug ein und landeten im Restaurant auf der Aussichtsebene. Wieder zurück, fanden wir nach einigem Suchen den richtigen Zugang, bezahlten den Eintrittspreis und betraten endlich die Aussichtsplattform. Diese befand sich unglücklicherweise bereits in den Wolken. Ab und an gaben diese einen begrenzten Blick nach unten frei, der immerhin für Einiges entschädigte. Ebenfalls sehr informativ waren die vorhandenen interaktiven Medien zu dem Gebäude und dessen Umgebung.

*

Am Folgetag erwanderten wir ein wenig die Stadt: Sacre Coeur, Arc de Triomphe, Kaufhaus Lafayette und einige Parke.

Am späten Nachmittag zogen wir uns dann um, um entsprechend gekleidet zu dinieren und danach ins Crazy Horse zu gehen.

Das Diner im „Chez Francis" war hervorragend. Wir hatten eineinhalb Stunden Zeit, den Champagner als Aperitif, Vorspeise, Hauptspeise und Dessert zu genießen. Alleine der Champagner war, auch weil Elke keinen trank, bei bester Qualität sehr reichlich bemessen. Andere Einzelheiten weiß ich nicht mehr, jedoch schon, dass das gesamte Ambiente eine hervorragende Einstimmung auf die Show bot.

Rechtzeitig machten wir uns dann auf den Weg zum Crazy Horse. Dort angekommen legten wir ab und wurden die Treppe hinab zu unseren Plätzen geführt. Der Raum war bereits gut gefüllt, überwiegend Paare, und das Vorprogramm lief schon. Unverzüglich erhielten wir wieder reichlich Champagner. Nach wenigen Minuten kam die Confrencière auf uns zu, hielt mir ihr Mikrofon entgegen und bat mich, mit ihr

Edith Piafs „Allez venez Milord" zu singen, was ich denn auch tat. Danach begann die Show.

Ursprünglich war ich in Sorge, ob Elke Spaß haben würde, was sich allerdings als unnötig erwies. Die Show ist eine wunderbare Hommage an die Schönheit weiblicher Körper und entbehrt jeder billigen Frivolität. Die Tänzerinnen wohl ausgewählt, athletisch grazil, selbstbewusst – und im Saal immer wieder aufbrausender Applaus. Erstaunlich dabei, wie ähnlich sich die Akteurinnen sehen, so als wären sie allesamt Zwillinge.

Nach der Veranstaltung fuhren wir wiederum mit der Metro zu unserem Hotel. Dort angekommen beschlossen wir, noch etwas miteinander zu plaudern. Beim Rezeptionisten bestellten wir Wein, den dieser uns sehr gerne brachte, und ließen den Abend noch einmal Revue passieren. Schließlich beschlossen wir, sobald als möglich gemeinsam wieder nach Paris zu kommen, um dann als Nächstes das Moulin Rouge zu besuchen.

*

Da unser Zug erst am späten Nachmittag fuhr, konnten wir uns am nächsten Tag Paris ein weiteres Mal erwandern. Allerdings herrschte scheußliches, nasskaltes Wetter. Petra fiel das Gehen wegen zunehmender Rückenschmerzen immer schwerer. So kehrten wir nach einem Mittagstisch auf den Champs-Elysee zurück zu unserem Hotel, wo wir unsere Koffer deponiert hatten. Der Rezeptionist gewährte uns gerne Aufenthalt in der Lounge bis zu unserem Aufbruch zur Gare de l'Est.

Die Zugfahrt verlief, diesmal mit maximaler Geschwindigkeit, wieder reibungslos, und lange vor der Schlafenszeit waren wir wieder zu Hause.

Jubiläumsgrat

Nachdem immer wieder, insbesondere an der Kabelrunde nach dem Flugbetrieb, von einem Flug zum Jubiläumsgrat die Rede war, traten wir diesen im Juli 2018 an. Unser Verein hatte ein UL erworben, so dass wir kein Flugzeug mehr chartern mussten. Ich selbst hatte ein GPS-fähiges iPad mit einem guten Programm. Wir legten die Flugstrecke fest, informierten uns über Wetter und NOTAMs und los konnte es gehen.

„Hermann, fliege du als Erster, bei mir war es gestern spät!", schlug Jürgen vor. Nach dem Start beschäftigte er sich intensiv mit dem iPad und war von der Leistung des Programms sehr beeindruckt. Wir unterflogen den Luftraum D von Karlsruhe/Baden und stiegen danach zu den Höhen des Nordschwarzwaldes auf.

„Hermann, du bist exakt auf Kurs, das Wetter ist spitze, das wird ein schöner Tag!". Ich hörte nur einen Teil dieses Ausrufes über den Kopfhörer, danach wurde dieser taub.

„Hörst du mich?", fragte ich.

„Ja, nein, jetzt nicht mehr.", war die Antwort. Kaum war das letzte Wort verklungen, fielen alle Zeiger der elektrisch betriebenen Instrumente auf null.

„Das ist ja wie in Apollo 13!", murmelte Jürgen.

Wir schauten uns kurz an, nickten einander zu, und ich kehrte Richtung Lachen-Speyerdorf um. Ein Blick auf die Sicherungen hatte ergeben, dass das Problem dort nicht lag.

Nach der Landung widmete sich Jürgen sofort der Ursachensuche. Es dauerte nicht lange, bis er sie mit dem defekten
Regler gefunden hatte.

Den Flug zum Jubiläumsgrat haben wir nicht mehr geschafft.
Er trägt keinen Haken auf unserer gemeinsamen Vorhabens-
liste.

Gap – das vierte Sicherheitstraining

Da unser Verein nun ein eigenes Ultraleicht-Flugzeug besaß, lag nichts näher, als damit einen erneuten Ausflug nach Gap-Tallard zu machen. So meldeten wir uns wieder bei unserem Landesverband zur Teilnahme an. Dieses Mal konnten wir in Lachen-Speyerdorf starten. Jürgen kam mit seinem Wagen und wollte ihn während unserer Abwesenheit auf dem Platz stehen lassen. Petra brachte mich mit meinem Gepäck in ihrem Fahrzeug hin. Nachdem alles verstaut war, verabschiedeten wir uns und rollten los. Sehr erstaunt waren wir, als Petra neben dem Flugzeug herlief und heftige Signale zum Halten gab. Jürgen stellte die Maschine ab und wir öffneten die Haube.

„Was ist los?", fragte ich.

„Ihr habt einen Platten!", war die Antwort.

In der Tat, der rechte Reifen war platt. Jürgen vermutete, dass sich das Ventil gelöst hatte. Leider hatten wir keinen Schlüssel, um diese Vermutung zu bestätigen und gegebenenfalls den Schaden zu beheben. Petra meinte, dass wir bei Auto-Fries, bei dem wir Kunden waren, einen solchen ausleihen könnten. Fries war samstagvormittags in seiner Werkstatt. So fuhren Jürgen und ich rasch dorthin und erhielten gerne das gewünschte Werkzeug. Tatsächlich hatte sich das Ventil gelöst, so dass die Luft entweichen konnte. Der Schaden war gleich behoben, und das Rad neu aufgepumpt. Petra erklärte sich bereit, das Werkzeug zu Fries zurückbringen. So konnten wir nun ohne weitere Verzögerung starten.

Der Flug nach Bremgarten war wettermäßig eher grenzwertig, und dort mussten wir zunächst auf eine Wetterbesserung warten. Mit uns in einem gecharterten Eurostar waren unsere amerikanischen Freunde David und Darren.

Gegen Mittag besserte sich das Wetter und wir konnten über Bourg-en-Bresse und das Drac-Tal nach Gap-Tallard fliegen. Dort lud wiederum unser Verband traditionell zu einem schmackhaften Abendessen im RésidenCiel ein und alle freuten sich auf die folgenden Tage, denn es war bestes Fliegerwetter vorhergesagt.

Am nächsten Morgen gingen wir nach dem Frühstück und Briefing zu unserem UL. Wir wollten einen Ausflug nach Mont-Dauphin St.-Crépin unternehmen. Nachdem wir die Maschine gecheckt und unsere Flugroute in das iPad eingegeben hatten, versuchte ich, den Motor zu starten. Er zündete nicht. Nach mehreren Versuchen bat ich Jürgen, sein Glück zu versuchen. Jedoch auch bei ihm sprang das Triebwerk nicht an. Wir informierten den Teamleader, dass wir zunächst gegroundet seien, und begaben uns auf Ursachensuche. Alle Sicherungen, elektrischen Kabel und die Zündkerzen wurden überprüft. Nichts half. Ratlos standen wir auf der Parkfläche unterhalb des Towers.

Nach einer längeren Pause versuchten wir es erneut. Ohne Erfolg. Schließlich kam der Controller auf uns zu und empfahl uns, am nächsten Tag, heute war Sonntag, Aeromax, einen luftfahrttechnischen Betrieb, zu konsultieren. Selbst wenn der Motor nun anspränge, gäbe er uns heute aus Sicherheitsgründen keine Startfreigabe mehr.

Während wir Zustimmung signalisierten, kehrten unsere Fliegerkameraden von ihren Ausflügen bei bestem Wetter zurück. Enttäuscht, ja auch ein wenig verärgert, schlossen wir die Cowling und sicherten das Flugzeug für die kommende Nacht. Da wir noch keine Gelegenheit gehabt hatten, Boxwein zu kaufen, wollten wir uns noch nicht in unser Studio zurückziehen. So ertrugen wir bei einigen Leffes das Bedauern und die vielen gutgemeinten technischen Hinweise unserer Fliegerkameraden im RésidenCiel, bevor wir zur Ruhe gingen.

„Hermann, morgen gehen wir beim ersten Büchsenlicht zu Aeromax und hoffen, dass er den Fehler rasch finden wird. Dann können wir morgen Mittag vielleicht schon wieder fliegen!", meinte Jürgen, und so endete für uns ein wenig erfreulicher Fliegertag.

*

Am nächsten Morgen frühstückten wir als Erste um sieben Uhr. Gleich danach brachen wir zum Hangar des Aeromax auf der gegenüberliegenden Seite des Flugplatzes auf. Kurz vor acht Uhr waren wir dort – vor verschlossenen Türen. Max kam erst um halb zehn. Derweil hatten unsere Fliegerkameraden bereits das Briefing hinter sich und bereiteten sich bei strahlendem Wetter auf weitere Ausflüge vor.

Wir schilderten Max unser Problem. Er hörte aufmerksam zu und meinte schließlich, wir sollten zunächst eine Tasse Kaffee trinken. Gesagt, getan. Danach ging es endlich ans Werk. Wir sollten versuchen, den Motor zu starten. Wie am Tag zuvor, so sprang er auch jetzt nicht an. Nach einigen weiteren Versuchen gab schließlich der Anlasser den Geist auf. Glücklicherweise hatte Max einen auf Lager. Zum Einbau musste die Maschine in die Halle. Max erläuterte uns, dass aus versicherungsrechtlichen Gründen keine Betriebsfremden in die Halle dürften, und hinter dem sich schließenden Tor verschwand unser UL.

„Hermann, in einer halben Stunde sind wir da drin!", prophezeite Jürgen. Und so kam es auch. Max hatte einige Fragen und Jürgen beantwortete diese an der Maschine. Bei einer sich bietenden Gelegenheit ergriff er wortlos ein Werkzeug und begann, an der Seite von Max zu „schrauben". Der Anlasser war bald ausgetauscht und es folgten erneute Versuche, die Maschine zum Laufen zu bringen. Fehlanzeige. Nun vermutete Max einen Fehler an den Zündboxen.

Unser UL in der Halle von Aeromax. Foto: Hermann Bolz

„Wenn man die mit dem Föhn erhitzt, und der Motor springt danach an, dann sind sie kaputt!", erläuterte er.

Nachdem er recht lange geföhnt hatte, versuchten wir, das Triebwerk zu starten. Fehlanzeige.

„Die Zündboxen sind in Ordnung!", war Maxens Kommentar.

Danach ging es an die Vergaser. Die Schwimmer wurden gewogen, die Düsen begutachtet. Alles okay. Schließlich kamen die Zündkerzen an die Reihe. Sicherheitshalber wurden sie ausgetauscht. Max prüfte und prüfte. Gegen Abend lief die Maschine plötzlich. Was die Ursache war, konnte Max nicht sagen. Beim Laufcheck stellte sich dann heraus, dass ein Zündkreis tot war. Ein Kabelbruch?

Inzwischen war es später Nachmittag geworden, und Max schloss seine Werkstatt ab. Er wollte über Nacht noch einmal darüber nachdenken, warum das Triebwerk nicht einwandfrei lief.

Wir nutzten die Zeit, um mit Andreas in Worms Kontakt aufzunehmen. Er betreibt dort einen luftfahrttechnischen Betrieb. Aber auch er konnte uns aus der Ferne nicht wirklich helfen, und so vereinbarten wir, das UL direkt zu ihm zur Inspektion zu fliegen.

Abends hörten wir uns dann leicht genervt die Geschichten von den Erlebnissen der Fliegerkameraden an. Später eröffnete der Teamleader, dass es morgen nach Megève gehen würde. Der Altiport in Alpe d'Huez war wegen Bauarbeiten geschlossen. Na, prima!

*

Am Folgetag gingen wir die Sache in Ruhe an. Halb zehn bei Max und erstmal einen Kaffee. Er erzählte uns, dass es ihn traurig stimme, uns nicht wirklich helfen zu können. Immerhin jedoch liefe der Motor auf einem Zündkreis, und das sei gut. So könnten wir nach Hause fliegen. Auf meine Frage, wie sicher dies sei, meinte er, dass, wenn der Zündkreis überhaupt ausfiele, dies beim Anlassen geschehen würde.

Zwischenzeitlich hörten wir, dass David und Darren als Folge einer harten Landung in Megève einen Platten hatten. Ernst versorgte sie mit einem neuen Schlauch, den er in Gap-Tallard erwarb und anschließend hochflog.

„Hermann, lass' uns wenigstens einmal hier fliegen. Nicht weit, vielleicht einfach zum liegenden Indianer", schlug Jürgen vor. Und so starteten wir. Das Triebwerk lief einwandfrei, lediglich die Spitzendrehzahl lag etwas niedriger. Der Blick auf die Westalpen in der Nachmittagssonne war wieder einmal atemberaubend. Es ist eine Gnade, fliegen zu können und zu dürfen. Während des Fluges beschlossen wir, bereits am Folgetag nach Hause zu fliegen. Weitere Ausflüge hier mit nur einem aktiven Zündkreis wollten wir nicht unternehmen. Auch verschwendeten wir keinen Gedanken an eine Landung auf dem Indianer.

*

Nach unserer Rückkehr trafen auch David und Darren ein und wir beschlossen, am Abend zu grillen. Wir schlenderten gemeinsam zum nahegelegenen Discounter und kauften alles Erforderliche: Grillkohle, Anzünder, Boxwein weiß und rot, Merguez, Entrecôte, Käse und Weißbrot. Schwer bepackt ging es zurück zum RésidenCiel und dort direkt zum Grillplatz. Die Utensilien legten wir auf einem Tisch ab und Jürgen erklärte sich bereit, das Grillfeuer zu entfachen.

Beim Grill angekommen rief er: „Schaut euch das mal an. Die Franzosen haben Anzünder in den Kohlesäcken. Genial, wir hätten keine kaufen müssen!". Danach zündete er einige an und schüttete Kohle darüber.

Kaum, dass wir unserer Verwunderung Ausdruck verliehen hatten, hörten wir aus dem Hintergrund eine ärgerliche Stimme. „Was habt ihr an meiner Kohle zu schaffen? Die gehört mir!" Ein etwas älterer Fliegerkamerad kam im Sturmschritt auf unsere Gruppe zu.

In die betretene Stille platzte Jürgen: „Hey, wir haben die Kohlesäcke verwechselt. Ich habe mich gleich gefragt, wer von uns den Sack schon so säuberlich aufgeschnitten hat! Und dass die Gallier Anzünder in den Kohlesäcken verkaufen, kam mir sowieso komisch vor."

Der Eigentümer des missbrauchten Kohlesacks wollte sich nicht beruhigen. Er zeterte in einem fort und kritisierte die Art und Weise, wie wir das Feuer angelegt hätten. So machten das allenfalls Anfänger.

David, dem die Auseinandersetzung offensichtlich peinlich war, schenkte ihm daraufhin unseren Kohlesack, da wir ohnehin nur heute grillen wollten. Aber auch das beruhigte ihn nicht.

„Sag' mal, was hättest du denn heute Abend gemacht?", wandte sich nun Jürgen an ihn.

„Ich hätte gegrillt, aber ihr seid mir ja mit meiner eigenen Kohle zuvorgekommen!", war die Antwort.

„Also, dann ist ja nichts Schlimmes passiert. Wir haben sogar für dich das Feuer angezündet und dir dazu noch einen Sack Kohle geschenkt. Sag' einfach danke!" Das jedoch wollte er wiederum nicht tun.

„Ich habe Durst!", meinte Jürgen und so zogen wir uns an unseren Tisch zurück, zogen die Zapfhähne aus den Weinkartons heraus und tranken, während die Glut gut wurde, ein paar tüchtige Schlucke. Wir saßen bis tief in die Nacht unter funkelnden Sternen. Unsere Unterhaltung pendelte zwischen Amerika und Europa, war mal politisch und dann wiederum fliegerisch, alles in allem einfach bereichernd. Und auch der erboste Fliegerkamerad hatte sich im Verlauf des Abends wieder beruhigt.

*

Schon am Abend vor unserem Abflug hatten wir einen Flugplan aufgegeben, der, nach geringfügigen Ergänzungen, von der DFS angenommen wurde. Der Weg zu unserem Flugzeug nach dem Auschecken war nicht einfach, denn der französische Premierminister war zu einem Besuch in der Region in Gap-Tallard gelandet. Der nördliche Teil des Fluggeländes, auf dem die Regierungsmaschine parkte, war deshalb gesperrt, und Zugang konnte man nur über eine Schleuse mit Personalkontrolle erlangen. Die Überprüfung unserer Ausweise nahm geraume Zeit in Anspruch, und nachdem wir den Zweck unseres Fluges erläutert hatten, durften wir passieren.

Bei strahlend blauem Himmel verstauten wir unser Gepäck sorgfältig im Flugzeug. Die Wetteranalyse hatte ergeben, dass der Flug machbar war. Allerdings war auf der Strecke nach Bremgarten mit Einschränkungen zu rechnen.

Nachdem Jürgen am Vortag geflogen war, war ich nun der Pilot in Command. Mit Spannung sahen wir dem Anlassen des Motors entgegen. Würde er anspringen oder würde sich die zweite Zündbox auch verabschieden? Nein, das tat sie nicht. Die Maschine lief reibungslos an, und etwas Vertrauen in unseren Flieger schlich sich in unsere Herzen. Wir erhielten Rollfreigabe unter großräumigem Umgehen des

Regierungsflugzeugs. Nach dem Start öffnete der Controller unseren Flugplan und wünschte uns einen guten Flug. Wie üblich verließen wir Gap-Tallard über die Pflichtmeldepunkte E 1 und N. Im strahlenden Sonnenlicht warfen wir einen letzten Blick auf den liegenden Indianer und nahmen etwas wehmütig und enttäuscht Abschied. Wir versprachen uns, baldmöglichst wieder hierher zu kommen und die versäumten Flüge mit einer intakten Maschine nachzuholen.

Der Einflug ins Dractal konfrontierte uns mit einem Wetterwechsel. Dichte Wolken, aus denen es leicht nieselte, begrüßten uns. Wir bekamen zusehends Mühe, die vorgeschriebenen Flughöhen einzuhalten, insgesamt waren die Sichtflugbedingungen jedoch gegeben. Sollten wir umkehren? Einflug in ein Schlechtwettergebiet ist bekanntlich die Unfallursache Nummer 1. Wir beschlossen nach kurzer Aussprache dennoch, den Flug fortzusetzen. Gute Dienste leistete uns das i-pad mit dem Navigationsprogramm. Uns wurde immer bewusster, wie hilfreich ein solches Gerät mit einer guten Software ist. Sicherheitshalber verfolgten wir unseren Flug jedoch auch auf der Luftfahrtkarte. Man weiß ja nie.

Sehr anstrengend wurde der Flug, als wir querab von Bourg-en-Bresse nach Ost-Nord-Ost über den französischen Jura einschwenkten. Nördlich unseres Kurses waren Tiefflugstraßen aktiv, die wir nicht kreuzen wollten, um über dem Doubstal zu fliegen. Die höchsten Gipfel des Jura lagen in den Wolken und man hatte den Eindruck, dass die Wolkenuntergrenze sank. Gleichwohl war unser Kurs noch fliegbar. Sollten sich die Wetterbedingungen kritisch verschlechtern, dann boten sich zahlreiche Flugplätze oder geeignete Gelände für eine Sicherheitslandung an.

„Hermann, bald sind wir durch!", sagte Jürgen, der wohl bemerkt hatte, dass mir die Gesamtsituation nicht mehr einerlei war. Ich selbst dachte an meinen alten Fluglehrer Georg, der bei den verschiedensten Gelegenheiten von Flügen unter schwierigsten meteorologischen Bedingungen erzählt hatte, und mir wurde bewusst, welch' herausragende navigatorischen und fliegerischen Leistungen die Piloten weit zurückliegender Jahrzehnte erbracht hatten.

Jürgen behielt Recht. Am Horizont tauchte bald ein heller Streifen auf, und es dauerte nicht mehr lange, bis wir über Montbéliard wieder im strahlenden Sonnenschein flogen.

In Bremgarten schlossen wir unseren Flugplan, tankten, und Jürgen flog uns direkt nach Worms. Der Motor war wiederum ohne Probleme angesprungen. Andreas war informiert und übernahm die Maschine, Julia stand bereit, uns und unser Gepäck nach Hause zu bringen.

Wie sich herausstellte, war tatsächlich eine Zündbox defekt. Später erfuhr ich von Jörg, dass Zündboxen, die beim Anlassen noch inaktiv sind, in der Regel nach wenigen Minuten aktiv werden. Ob das bei unserer der Fall war, kann nicht mehr festgestellt werden. Ansonsten bestätigte Jörg die Aussage von Max, dass solche Boxen regelmäßig beim Anlassen, und nicht im Flug, den Dienst aufgaben.

10 km/h oder das letzte Wort

In den folgenden Monaten hatten wir eigentlich viel Spaß mit unserem UL. Auch ich erlebte schöne Flüge damit, bis ich an einem Sommertag mit einem unserer jungen Flugschüler einen kleinen Rundflug machen wollte. Kurz nach Erreichen der Sicherheitsmindesthöhe verlor die Maschine erheblich an Drehzahl und lief sehr rau. Ich meldete Motorprobleme und riskierte eine Umkehrkurve, welche auch gut gelang. Nach dem Aufsetzen lief das Triebwerk wieder einwandfrei.

Im Kameradenkreis diskutierten wir lange, was die Ursache für dieses Verhalten gewesen sein mochte. Und wieder, ähnlich wie in Gap-Tallard, gingen wir alle Möglichkeiten durch, sprachen mit Andreas in Worms, dem Rotax-Generalvertreter in Schechen sowie dem Generalvertreter von E-Vektor in Deutschland. Keiner konnte die Symptome richtig deuten. Der Motor lief am Boden reibungslos und fiel trotzdem bei jedem Start, den wir in der Hoffnung, den Fehler nun ausgemerzt zu haben, etwas oberhalb der Sicherheitsmindesthöhe aus.

Die Arbeiten zogen sich über den gesamten Winter. Nachdem der Orkan Sabine das Dach über unserem Clubraum beschädigt hatte und ein erheblicher Wasserschaden eingetreten war, verlegten Jürgen und ich unsere Sitzecke in den Hangar, in dem das UL untergebracht war. Von dort aus konnte man durch das geöffnete Tor über die Fläche der Maschine auf die Startbahn schauen. Ein wunderbarer Ort, um sich nach getaner Arbeit über dies und das zu unterhalten.

Der Generalvertreter unserer Maschine hatte uns empfohlen, eine elektrische Zusatzpumpe einzubauen. Also machten wir uns wieder einmal an die Arbeit. Dabei mussten wir mehrere Male von unserem Hangar zur Haupthalle fahren, um Werkzeug zu holen, welches in einem unserer Schränke dort vorgehalten wurde. Die Strecke dorthin ist ein leicht befestigter Schotterweg mit zahlreichen Schlaglöchern, in denen häufig Wasser steht. Er wird von Gerd betreut und dieser besteht darauf, dass darauf nicht mit mehr als 10 km/h gefahren wird.

Wir beide waren am fraglichen Tag sehr zuversichtlich, dass wir nun die Ursache für die Leistungsabfälle beseitigen könnten und arbeiteten fieberhaft an der Maschine.

Es ergab sich, dass wir einmal mit zwei Fahrzeugen zurück zu unserem Hangar fuhren. Jürgen stürmisch vorneweg, ich langsam dahinter. Als Jürgen die Wasserlache am Beginn des Schotterwegs durchfuhr, spritzte das Wasser hoch auf.

Lange hatten wir unsere Arbeit noch nicht aufgenommen, als sich uns Gerd mit den vorgeschriebenen 10 km/h näherte. Nachdem er ausgestiegen war, ging ich ihm entgegen.

„Zu dir will ich nicht, ich will zu Jürgen!", herrschte er mich an, um sich anschließend vor diesem aufzubauen.

„Mir ist scheißegal, wie dein Fahrzeug aussieht, aber ich verbitte mir, dass du so rücksichtslos durch den Weg fährst!"

Jürgen blickte ihn an und entschuldigte sich. Unbeirrt schimpfte Gerd weiter fort. Mir wurde die Szene peinlich, vor allem, nachdem er begann, Jürgens und meinen Fahrstil zu vergleichen. Bevor ich jedoch etwas sagen konnte, unterbrach ihn Jürgen.

„Gerd, du hast doch nun genug geschimpft und ich habe mich entschuldigt. Lass' es gut sein!". Danach wandte er sich wieder unserer Arbeit zu. Gerd zog sich grummelnd zurück.

„Hermann, weißt du, das macht doch Spaß, wenn das Wasser so aufspritzt. Ich ermuntere auch Henry immer, wenn er mit seinem Laufrad schnell durch Pfützen fahren will, das richtig schnell zu machen."

Nach einer kleinen Pause meinte er, er könne demnächst etwas Schotter mitbringen und wir könnten den Weg dann gemeinsam ausbessern. Wir kamen nicht mehr dazu. Mir tut es leid für Gerd, dass der letzte Kontakt zwischen ihm und Jürgen seine Schimpfkanonade war. Mir wäre wohler, wenn es ein freundlicher Plausch mit entsprechender Bitte gewesen wäre. Aber wer von uns weiß schon, welches unser letztes gemeinsames Gespräch hier auf Erden ist?

Nochmal Schnepfenried?

Eigentlich wollten wir Mitte März 2020 wieder auf die Hütte des Ski- und Kanuclubs Kaiserslautern fahren. Wolfgang hatte das in Erinnerung an unseren letzten sehr schönen Aufenthalt dort wieder organisiert. Dann kam Corona, und wir mussten stornieren.

Einen Tag vor der ursprünglich geplanten Abreise arbeiteten Jürgen und ich wieder an unserem UL. Nach getaner Arbeit saßen wir wie immer auf ein Bier im Hangar und Jürgen meinte:

„Mein Haus ist coronafreie Zone. Wollt ihr nicht morgen Abend zum Grillen kommen?"

Wir kamen. ‚Arrival' stand in unserer Richtung auf dem Fußabstreifer. Jürgen öffnete mit strahlendem Lächeln.

„Kommt rein!"

Er hatte auch an diesem Tag die wunderbaren Rindersteaks gekauft, die er nach dem Aperitif scharf angegrillt im Backofen sanft garte. Erinnerungen wurden wieder einmal ausgetauscht, und neue Pläne entstanden. Nochmal Paris, diesmal mit einem Besuch im Moulin Rouge, Flüge zu den Nordseeinseln, wenn das Teil wieder flog, Gap-Tallard und noch Vieles mehr. Dabei hatte er schon seinen Ruhestand vor Augen, und dann sollte es erst recht so richtig losgehen.

Da er wusste, dass ich gerne Whiskey goutiere, fragte er, ob ich ein Glas Old Dimple mit ihm trinken würde. Die Flasche kenne er schon aus seiner Jugendzeit und hätte sie nun aus dem Erbe seines verstorbenen Vaters übernommen. Ich erhob Einwände vor diesem Hintergrund, Jürgen blieb jedoch hartnäckig. Und so genossen wir, die Frauen beschränkten ihren Genuss auf ein kurzes Riechen am Glas, den Old Dimple. Er mundete vorzüglich.

Es war spät, als wir nach Hause fuhren. Wir waren in letzter Zeit sehr oft bei Elke und Jürgen eingeladen gewesen. Das wurde uns auf der Rückfahrt erstmals richtig bewusst, und wir beschlossen, unsererseits nun auch vermehrt Einladungen an die beiden auszusprechen. Das umso lieber, da es immer sehr harmonische und bereichernde Begegnungen waren, bei denen auch viel gelacht wurde.

Wie der Phönix aus der Asche

Unser Prüfer empfahl uns anlässlich einer Jahresabnahme dringend, unseren Motorsegler einer Grundüberholung zu unterziehen. Er war damit einverstanden, dass wir uns zunächst den Rumpf und ein Jahr danach die Flächen vornahmen. Dies war erforderlich, weil wir beides auf einmal nicht zu stemmen in der Lage waren.

Es war sehr viel Arbeit. Die Bespannung erfolgte nach umfangreichen Vorarbeiten in Leipzig. Danach ging es daran, den Motor und die Innenausstattung wieder einzubauen. Alle halfen mit. Es war ein großes Gemeinschaftsprojekt, bei dem Jürgen neben anderen beispielgebend arbeitete und immer wieder ermunterte, daran zu denken, dass die Maschine bald wieder fliegen müsse. Dies, zumal daneben ja auch unser UL gegroundet, und dadurch die Einnahmesituation des Vereins sehr angespannt war. Und so schritten die Arbeiten rasch voran.

Mit Spannung hatten wir dem Tag der Abnahme entgegengesehen. Zum vereinbarten Termin erschien der Prüfer. Wir waren gerade dabei, die Flächen zu montieren. Es gelang jedoch keinem von uns, den Hauptbolzen einzuführen. Unser Prüfer nahm es mit Humor und versprach uns, zum gegebenen Zeitpunkt rasch einen neuen Termin zu machen.

Rätselraten war angesagt. Die neu aufgetragene Beplankung trug wohl stärker auf als zuvor, weshalb die Flächen nicht abschließend eingeführt werden konnten.

Jürgen markierte die Stellen, an denen Material abgetragen werden musste, was ich anschließend mit meinem

Schwingschleifer tat. Nach unzähligen Versuchen schaffte Michael es, den Hauptbolzen einzuführen. Jubel brach aus.

Die Abnahme in der folgenden Woche verlief reibungslos und wir erhielten die Erlaubnis, zu fliegen. Dabei solle auch der Flugbericht erstellt werden.

Donnerstags trafen sich Otto, Jürgen und ich. Otto legte letzte Hand am Motorsegler an, während wir uns um das UL kümmerten. Wir wollten nun, in welcher Form auch immer, den Motor zur Überprüfung nach Schechen zum Rotax-Vertreter bringen.

Nach getaner Arbeit zogen wir unsere Morane heraus, und jeder von uns flog noch drei Platzrunden. Vor seiner letzten Landung machte Jürgen noch einen tiefen Überflug mit hoher Geschwindigkeit. Sehr elegant, wie er daraus in großem Bogen in den Gegenanflug überging und dann mit Schleppgas in Bierflaschenhöhe die Piste überflog, um wenige hundert Meter vor dem Pistenende aufzusetzen. Das machte er sehr gerne, um das Fahrwerk zu schonen.

Gegen Abend bewegte Otto den Motorsegler am Boden und überprüfte alle Funktionseinheiten auf ihre Tüchtigkeit. Alles war in Ordnung. Die Papiere für den ersten Flug waren für den Folgetag angesagt.

Jürgen und ich trafen uns am 20.03.2020 gegen elf Uhr auf dem Flugplatz. Gleich war der Motorsegler aus der Halle gezogen und überprüft. Ich ging davon aus, dass Jürgen als unser erfahrenster Pilot den ersten Flug machen würde. Bevor ich ihn darauf ansprechen konnte, forderte er mich auf:

„Hermann, los, setz' dich rein. Du hast am Meisten an der Maschine gearbeitet, dir steht der Erstflug zu!"

Darauf entspann sich ein ernsthaft-freundschaftlicher Wortwechsel mit dem Ergebnis, dass ich nachgab. Ich konnte mir gut vorstellen, dass auch Jürgen sehr gerne diesen ersten Flug durchgeführt hätte. Es tat mir sehr gut, einen Freund zu haben, der zu einer so großen Geste in der Lage war.

Der Falke mir neubespanntem Rumpf kurz vor den Start. Foto: Adrian Gawliczek

Während ich noch zum Rollhalt 11 rollte, war Jürgen mit seinem Mercedes bereits auf der Schotterpiste mit den erwünschten 10 km/h, die wir seit jenem Vorfall immer einhielten, vorgefahren. Er stand nun südlich der Startbahn in etwa 200 Metern Entfernung.

Nach dem Startcheck rollte ich auf, beschleunigte und sah ihn kurz nach dem Abheben, in der rechten Hand mit dem Handy filmend, die linke mit erhobenem Daumen.

Wieder einmal „airborne" mit dem Flugzeug, dessen Kauf mein Vater vor vielen Jahrzehnten betrieben hatte. Viele Daten waren für den Flugbericht zu dokumentieren. Danach genoss ich noch einige Minuten den Flug entlang der Haardt, diesem so markanten wie schönen Gebirge entlang des Rheingrabens.

Nach meiner Landung und einem entsprechenden Flugbericht flogen noch Jürgen, Otto und Michael. Wir alle waren glücklich, zufrieden und auch ein wenig stolz darauf, was wir in den letzten Monaten gemeinsam geschafft hatten.

Otto fuhr bald nach Hause. Jürgen, Michael und ich setzten uns anschießend in unsere Sitzecke im Hangar und schauten immer wieder auf den davor geparkten Motorsegler mit dem perfekten Rumpf.

Jürgen hatte wieder einmal Crémant besorgt und meinte mit Blick auf den Karton:

„Es herrscht Corona, das Dubbeglas scheidet heute aus!"

Ratlos blickten wir umher und fanden schließlich einen Stapel Plastikgläschen mit 0,1 l Eichstrich.

„Dann trinken wir halt aus denen!", meinte Jürgen, öffnete die erste Flasche und goss sorgfältig ein. Danach stießen wir auf unseren Erfolg an und genossen das wunderbare Getränk.

„Da sieht man mal, was für einen Zug wir am Dubbeglas entwickelt haben" meinte Jürgen im Spaß, „um mit diesen Gläsern den Mund zu füllen, muss man ja nachschenken!"

Lange noch saßen wir beieinander und erzählten über die Herausforderungen, die uns noch bevorstanden. Die Instandsetzung des Motors des UL, die Überholung der Flächen des Motorseglers und anderes mehr. Die Sonne stand schon tief, und im Karton waren nur noch zwei Flaschen Crement, als wir uns endlich verabschiedeten.

„Hermann, Montag, 17 Uhr?", fragte er, und ich nickte.

„Montag, 17 Uhr!"

Eine WhatsApp-Nachricht

22.03.2020

Hallo Hermann ich bin's Elke. Jürgen ist heute morgen
verstorben.   12.42

Leise und unbarmherzig sickerte die Bedeutung dieser Nachricht in mein Bewusstsein. Ungläubiges Staunen. Dann ein
Aufbegehren: Das kann doch nicht, das darf doch nicht wahr
sein! Aber wie sonst sollte es zu dieser Nachricht gekommen
sein. Traurigkeit stieg in mir empor, große Traurigkeit. Die
sonntägliche Freude wich einer großen Melancholie, die
Sonne schien nicht mehr so hell wie zuvor. Mit Mühe konnte
ich Petra diese Botschaft überbringen. Der Anruf bei Elke er-
stickte in zu tief empfundenen Gefühlen.

Die letzte Begegnung

Elke hatte mir angeboten, sie und die engeren Angehörigen zu einem letzten Besuch Jürgens im Bestattungsinstitut in Annweiler zu begleiten. So fuhr ich zeitig zu ihr und traf dort auf die bereits anwesenden Verwandten. Es herrschte eine emotional aufgeladene Stimmung. Leise gesprochene Worte und leises Weinen verloren sich darin, ein Gespräch wollte nicht aufkommen. Sein so überraschender Tod hinterließ uns alle sprachlos. Endlich war der Uhrzeiger weit genug vorgerückt, und wir brachen auf.

Im Bestattungshaus angekommen empfing uns professionelle Trauerbegleitung, natürlich Corona-Zeiten-gemäß. Paarweise gingen wir in den Raum, in dem Jürgen seinen letzten Schlaf hielt. Zuletzt Elke und ich.

Da lag er mit seinen weißen Haaren, gut frisiert, wie immer, mit friedlichem Gesichtsausdruck. Fast meinte man, er lächele ein bisschen. Nur Hämatome an Hals und Fingern zeugten von dem verlorenen Kampf um sein Leben.

‚Jürgen, komm‘, wach‘ auf und sage uns, dass das alles nur ein böser Traum war!‘, wünschte ich mir so sehr, wohl wissend, dass es ganz anders war. Viele Erinnerungen, einem Film im Zeitraffer gleich, rauschten durch meinen Kopf, Belege für den so großen Verlust, den wir alle erlitten hatten. Mit Tränen in den Augen habe ich zwei Gebete für ihn gesprochen, so, wie wir Christen es in solchen Momenten zu tun pflegen.

Leise sind wir gegangen. Ein letzter Blick zurück, ein Bild, das ich nie vergessen werde.

Ein letzter Fliegergruß

Nun war es soweit. Die Trauerfeier auf der Trifelsruhe sollte um 14.00 Uhr beginnen. Wegen der Corona-Bestimmungen war nur ein kleiner Personenkreis zugelassen. Auf Elkes Wunsch wollten Michael und ich nach Abschluss der Feier mit zwei Flugzeugen über das Grab fliegen und Jürgen einen letzten Gruß senden.

Gegen 13.00 Uhr waren wir auf dem Flugplatz und zogen die Morane sowie unseren Motorsegler aus den Hangars. Beide trugen wir einen dunklen Anzug und eine schwarze Krawatte. Wir sprachen unsere Strategie durch. Auf dem Hinflug wollten wir in einer lockeren Formation fliegen, uns etwa beim Trifels trennen, danach parallel zu dem Osthang, auf dem Jürgens Grab lag, an der Trauergemeinde vorüberfliegen und nach einer flachen Linkskurve mit 270^0 das Grab, mit den Flächen grüßend, überfliegen.

Nach dem Check warteten wir auf Petras Anruf, welcher kurz vor 15.00 Uhr einging. Michael startete als erster mit dem Motorsegler. Ich schloss in der Höhe des Hambacher Schlosses zu ihm auf. Viele Gedanken gingen mir durch den Kopf. Wie oft war ich mit Jürgen diese Strecke geflogen, manchmal auch im sogenannten Jürgenflug. Und wie viele gemeinsame Flüge hatten wir noch geplant.

Gleichmäßig zog die Landschaft unter unseren Flügeln vorüber. Um es mit Jürgen zu sagen: Unsere Maschinen wussten im Gegensatz zu uns nicht, dass dies ein ganz besonderer Flug war.

Nach dem Überflug mit Fliegergruß ging ich in einen langen Steigflug über. Hoch, höher und immer höher, vielleicht, um seiner neuen Heimat etwas näher zu kommen.

Nachdem wir die Flugzeuge wieder untergestellt hatten, fuhren wir zu Elke, die die Trauergemeinde in ihr Haus in Albersweiler eingeladen hatte. Es war wichtig für uns, noch ein Weilchen beieinander zu sitzen und des Verstobenen zu gedenken. Viele Erinnerungen wurden ausgetauscht und mitunter stahl sich auch ein leises Lachen in den Raum. Ja, es ist wahr: Was bleibt ist die Erinnerung, und die vermag uns zu trösten.

Das Hoch, das an diesem Tag unser Wetter bestimmte, hieß – wie könnte es anders sein – ‚Jürgen'.

Jürgens letzte Ruhestätte auf der Trifelsruhe bei Annweiler.
Foto: Hermann Bolz

Nachwort

Segelfliegen ist mehr als ein Sport! Segelfliegen bedeutet, sich in der Vorbereitung wie im Flug an Fakten und nicht etwa an Wünschen oder Emotionen zu orientieren. Und dieser Fakten sind sehr viele, angefangen vom voraussichtlichen Wetter, der Luftraumstruktur, der Performance des Flugzeugs, des eigenen gesundheitlichen und mentalen Status, um nur das Wichtigste zu nennen. Eine Unzahl von Fakten ist komplex miteinander verwoben und muss zu einem konsistenten Plan verdichtet werden. Dabei gilt es, Optionen und Risiken mit einzubeziehen. Erst danach kann eine Entscheidung gefällt und diese zur Umsetzung gebracht werden. Während letzterer, also dem Flug, ist immer wieder zu prüfen, ob dieser sich im gegebenen Rahmen bewegt oder ob dritte Einflüsse Korrekturen erforderlich machen. Im letztgenannten Fall gilt es, mitunter unter Zeitdruck, in komplexen Situationen richtige Entscheidungen zu treffen.

Segelfliegen heißt auch, sich zu erheben und die Welt aus einer anderen Perspektive zu betrachten. Segelfliegen heißt im wahrsten Sinne des Wortes, die natürlichen körperlichen und geistigen Begrenzungen des Menschen zu überwinden, und stellt zumindest einen ersten, wichtigen Schritt zum Aufbruch in andere Welten dar.

Bei der Segelflugausbildung werden diese Kompetenzen erworben. Es sind methodische Kompetenzen, die nicht nur beim Fliegen, sondern auch für die Gestaltung der nachhaltigen Entwicklung unserer Gesellschaft, im Privaten wie im Beruflichen, unverzichtbar sind. Deshalb ist Segelfliegen nicht eine Gefahr für die nachhaltige Entwicklung, sondern mitgewährend für die Bewältigung der großen anstehenden Herausforderungen durch einzelne wie unsere Gesellschaft insgesamt.

Jürgen hat zahlreichen Menschen genau diese Kompetenzen vermittelt. Damit hat er sich große Verdienste um unser Gemeinwesen erworben, und ich reihe ihn dankbar unter die im Hintergrund still wirkenden Großen unserer Gesellschaft ein.

Fliegerkameraden erzählen

Am 1.5.2011 war es für mich soweit: ich durfte als fortge-
schrittener Flugschüler meinen ersten Flug auf dem Segelflugzeug Astir CS durchführen. Der Alleinflug auf einem weiteren
Luftfahrzeugmuster ist ein großer Schritt in der Ausbildung
zum Segelflugpiloten. Jürgen ist diesen Schritt gemeinsam mit
mir gegangen. Damals kannte ich ihn noch nicht so gut, da er
krankheitsbedingt länger gegroundet war und deshalb meine
Ausbildung bisher nicht begleiten konnte.

Durch seine lockere Art hatte er das Eis sehr schnell zwischen
uns gebrochen. Nach einem Checkflug auf unserem doppelsit-
zigen Kunststoffsegler, in welchem ich Jürgen zeigen sollte,
dass ich die unterschiedlichen Flugeigenschaften zwischen
Holz- und Kunststoffbauweise verstanden habe (mein Erstflug
war auf einem Segelflug in Holzbauweise), gingen wir direkt
zum Astir. „Das Handbuch hast du gelesen?", war seine erste
Frage. Nachdem ich dies bejahte, meinte er: „Dann zieh´
gleich mal den Fallschirm auf, richte dir das Cockpit bequem
ein und setze dich rein." Gesagt – getan. Ein paar Minuten
später saß ich, aufgrund meiner damals geringen
Größe/Länge, auf einem Stapel kleiner Kissen, den Fallschirm
auf dem Rücken und die Sicherheitsgurte angelegt. „Passt!"
stellte Jürgen zufrieden fest. Am Rande des Cockpits kniend
ging er mit mir nun in einer sehr sorgfältigen, fast schon vä-
terlichen Art alle Bedienelemente des Cockpits durch: „... und
das sind Höhenmesser und Variometer – die gleiche Bauweise
wie in der K 7 und der ASK 21. Der Fahrtmesser ist etwas ge-
wöhnungsbedürftig, da die Anzeige sich spiralförmig nach innen windet. Verwechsle deshalb nicht den roten Strich. Der
gilt nicht bei 120, sondern bei 250 km/h. Aber du merkst

schnell am Fahrtgeräusch, ob du 250 oder 120 km/h fliegst. Der Flieger hat im Gegensatz zu deinen vorherigen Segelfliegern ein Einziehfahrwerk. Das darfst du vor der Landung nicht vergessen wieder auszufahren – aber das weißt du ja selbst. Wenn du dir am Anfang unsicher bist, lass´ es einfach draußen. Noch Fragen?" Nachdem ich dies verneinte, meinte er: „Dann bleib´ gleich sitzen – wir schieben dich an den Start. "

So absolvierten wir gemeinsam meinen ersten Alleinflug auf dem zweiten Segelflugzeugmuster. Ich in der Luft, und er am Boden über mich wachend. Es mussten noch einige Jahre vergehen, ehe ich vor der Landung vergessen hatte, das Fahrwerk wieder auszufahren.

Etwa zwei Jahre später hat Jürgen mich für die Motorsegler-Lizenz ausgebildet. Damals war ein 300-km-Flug über Land mit zwei Zwischenlandungen auf verschiedenen Flugplätzen notwendig. Wir entschieden uns für das Dreieck Lachen-Speyerdorf, Koblenz, Trier-Föhren und zurück. Bei diesem Flug wollte ich mein ganzes Können in Hinblick auf Koppelnavigation, Beibehaltung der Flughöhe etc. unter Beweis stellen. Um den Überflug der Checkpoints besser berechnen zu können, wählte ich eine Reisegeschwindigkeit von 120 km/h, obwohl der Falke durchaus hätte schneller fliegen können. Auf dem Rückflug von Trier nach Lachen-Speyerdorf bemerkte ich aus den Augenwinkel Jürgens Griff zum Gashebel. Ich ahnte bereits, was nun kommen sollte: eine simulierte Notlandung aufgrund eines Triebwerksausfalls. Doch anstelle das Gas komplett zu reduzieren, schob Jürgen es beinahe vollständig hinein. Der Motor surrte auf und der Motorsegler nahm an Fahrt zu. Auf meine Frage hin, was er denn da mache, erwiderte er (gelassen): „Ich geb´ etwas Gas, damit wir rechtzeitig zurückkommen, bevor das Bier, das ich mitgebracht habe, im Auto zu warm wird."

So brachte er mir bei, mit den im Flughandbuch angegebenen Leistungsangaben zu fliegen.

In dankbarer Erinnerung

Michael

Im Juli 1980 lernten Otto und ich Jürgen bei einem Segelflug-lehrgang kennen. Gemeinsam begannen wir auf dem Flug-platz in Lachen-Speyerdorf beim Flugsportverein Kaiserslau-tern e.V. unsere Flugausbildung. Aus Fliegerkameraden wur-den Freunde, Fluglizenzen wurden erweitert, andere neu er-worben, und so verbrachten wir fast alle Wochenenden auf dem Flugplatz.

Wir haben viele Familienurlaube und Fliegerfreizeiten zusam-men erleben dürfen. Für diese wunderbaren Jahre möchte ich danken und mit einem Gedicht, das unser ehemaliger Fluglehrer-rer Karl immer wieder vortrug, schließen:

Das Leben geliebt,
die Sünde geküsst,
das Herz den Frauen gegeben
und wenn's einmal zu Ende ist,
dann war's ein Fliegerleben.

Ich werde ihn stets in guter Erinnerung behalten.

Mit freundlichem Fliegergruß

Wolfgang

Als wir, Jürgen, Wolfgang und ich, vor über vierzig Jahren, in einem Studentenlager des Flugsportvereins Kaiserslautern unsere ersten Segelflugstarts machten, begann die Erfüllung eines Traumes.

Wir waren auf unterschiedlichen Wegen zu diesem Wunsch zum Fliegen gekommen. Das Erlebnis des Fliegens, die Kräfte der Natur zu nutzen, die Technik zu beherrschen, waren unsere Motivation und der Ansporn, dies immer weiter zu vervollkommnen.

Auch wenn wir damals nie gedacht hätten, dass unser gemeinsamer Weg, zumal im gleichen Verein, so lange währen würde, so hat sich in all den Jahren ein freundschaftlich-kameradschaftliches Verhältnis entwickelt. Nicht zuletzt aufgrund von Jürgens immer wieder gezeigter Initiative haben wir zusammen unsere Kenntnisse und fliegerischen Fähigkeiten weiterentwickelt.

Im Laufe der Jahre blieb es somit nicht bei der Segelfluglizenz, es kamen auch Motorsegler-, Motorflug- und Lehrberechtigungen hinzu. Die gemeinsamen ehrgeizigen Prüfungsvorbereitungen waren dann auch immer animierend und erfolgreich. Aber dabei blieb es nicht: Streckenflugseminare, Segelflug- und Motorflugwettbewerbe, technische Fortbildungen folgten.

Und: jede Menge Arbeit im Verein, Theorie- und Flugausbildung, Flugzeugan- und -verkäufe, technische Wartung, Reparaturen. Hier hat Jürgen immer sein überragendes technisches Verständnis und seinen Einfallsreichtum, gepaart mit handwerklichen Fähigkeiten eingebracht. Dabei hat er sein Wissen immer gerne weitergegeben.

Ganz persönlich denke ich an eine Vielzahl von gemeinsamen fliegerischen Erlebnissen. Lehrreiche und lustige Tage auf der Wasserkuppe mit K 8 und Ka 6 und unserem legendären Altpräsidenten „Schorsch" Mock gehören dazu, unvermeidliche (!) Außenlandungen mit der ASK 21 bei den Eltern, Motorseglertrips nach Großbritannien mit Stopover bei der Duxford Airshow und Regenlandung in der grauen Industriestadt Blackpool. Die dortige „last order" –Philosophie der Pubs ließ uns den Namen der Stadt nicht nur aus meteorologischen Gründen treffend erscheinen.

Auch der Verbandsausflug der Motorsegler nach Elba, mit über zwanzig Motorseglern im Tiefstflug (Rom hatte max. 150 m MSL freigegeben) an der italienischen Küste entlang ist ebenso in bleibender Erinnerung wie der Ausflug nach Bastia/Korsika oder Nonstop zurück von Venedig nach Leutkirch bei Gewitter und Nordstau an den Alpen.

Bei all diesen Flügen waren neben einer begrenzten Risikobereitschaft stets die sachlich-realistische Einschätzung der Situation und der eigenen Fähigkeiten erfolgversprechend. Hier war Jürgen ein verlässlicher, kompetenter Partner und es galt das Prinzip: zwei im Cockpit, eine gemeinsame Entscheidung!

Dieses Einstimmigkeitsprinzip war notwendigerweise auch in der fliegerischen Ausbildung im Verein unsere oberste Maxime, und so wurde aus dem einen oder anderen pubertierenden „Flugschülerlein" trotz manch fragwürdiger Prognosen noch ein veritabler Berufspilot.

Die Vielzahl an Anekdoten aus den vierzig gemeinsamen Jahren würden den Rahmen des von Hermann so lesenswert gestalteten Buches sprengen, aber sie zaubern uns immer ein Lächeln ins Gesicht.

Jürgen ist ein wunderbares Beispiel dafür, wie aus einem flugbegeisterten jungen Menschen im engagierten Vereinsleben
und in ehrenamtlicher, verantwortungsvoller Tätigkeit fliegerisch, menschlich und charakterlich eine Persönlichkeit er-
wachsen ist, die den Nachfolgenden immer als Vorbild dienen
wird.

Wir erinnern uns in Dankbarkeit

Otto

Glossar

Abgelaufen: in diesem Zusammenhang: ein Flugzeug darf nur eine begrenzte Zeitspanne fliegen, bevor es in einer sogenannten Nachprüfung gründlichst durchgecheckt und von einem Prüfer abgenommen werden muss.

Außenlandung: Nicht geplante Landung auf einer Fläche abseits eines Flugplatzes, z.B. auf einem Feld. Da man beim Segelfliegen stark von den thermischen Bedingungen abhängig ist, kommen Außenlandungen durchaus vor. In der Ausbildung zum Segelflieger wird man auf eine solche Ausnahmesituation vorbereitet.

Backtrack: auf der Start-/Landebahn entgegen der Start-/Landerichtung mit dem Luftfahrzeug rollen (siehe auch → Taxiway).

Base leg: siehe → Platzrunde

Bespannung: bei Flugzeugen der sogenannten Gemischtbauweise ist ein Stahlrohrgerüst mit Baumwolle bespannt, die durch einen speziellen Lack, den Spannlack, zwischen den Rohren gestrafft wird und so Rumpf und Tragflächen (Flügel) ihre Form gibt.

C-Falke: Variante "C" des zweisitzigen → Motorseglers SF 25 Falke der Fa. Scheibe-Flugzeugbau aus Dachau.

Cowling: aerodynamisch geformte Abdeckung des Flugzeugmotors, sozusagen Motorhaube eines Flugzeuges.

DA 20: Diamond DA20 Katana, zweisitziges motorgetriebenes Leichtflugzeug der österreichischen Fa. Diamond Aircraft.

DFS: DFS Deutsche Flugsicherung GmbH, übernimmt u.a. als sonderpolizeiliche Aufgabe die Flugverkehrskontrolle des Luftverkehrs in Deutschland.

Downwind: siehe → Platzrunde

Dubbeglas: traditionelles Pfälzer Weinschorleglas mit Vertiefungen, den "Dubbe" ("Tupfen"). Diese dienen dazu, dass die Finger nicht am Glas abrutschen, das, besonders auf den zahlreichen Weinfesten der Region, im Sommer außen nass ist durch die gekühlte Weinschorle im Glas.

Durchstarten: einen Landeversuch mit einem motorgetriebenen Flugzeug nicht abschließen, sondern kurz vor dem Aufsetzen (in manchen Fällen wird kurz aufgesetzt) wieder Gas geben und erneut Höhe gewinnen. Man fliegt eine erneute Platzrunde, um eine neue Landung zu versuchen.

Durchstarten wird in der fliegerischen Ausbildung geübt und kommt auch im normalen Flugbetrieb häufiger vor. Mit einem Segelflugzeug ist dies mangels eigenen Antriebs nicht möglich, hier muss die Landung auf Anhieb passen.

Endanflug: siehe → Platzrunde

EuroStar: Ultraleichtflugzeug des tschechischen Herstellers Evektor-Aerotechnik

Final: siehe → Platzrunde

FK 9: B&F FK 9, zweisitziges Ultraleichtflugzeug des Speyerer Herstellers B&F Technik Vertriebs GmbH.

F-Schlepp: Flugzeugschlepp, siehe → Schlepppilot

Flächen: kurz für die Tragflächen eines Flugzeugs, die Flügel.

Fliegergruß: im Flug mit den Tragflächen wackeln

Flugleiter: Vertreter des Flugplatzhalters auf unkontrollierten Flugplätzen, sorgt für einen geordneten (Flug-)Betrieb auf dem Flugplatz nach den Festlegungen der zuständigen Genehmigungsbehörde.

Flugplan: Beschreibung eines Fluges, die der verantwortliche Luftfahrzeugführer telefonisch, per Fax oder per Internet frühestens 5 Tage vor und spätestens eine bis drei Stunden vor dem Flug bei der Flugsicherung einreicht, damit im Notfall ein Rettungsteam schnell am Einsatzort sein kann, und zur Koordination des Luftverkehrs.

Gegenanflug: siehe → Platzrunde

Geschwindigkeit des besten Gleitens: Ein Segelflugzeug fliegt, sehr vereinfacht gesagt, dadurch nach vorne, dass es eine gewisse Distanz nach unten sinkt. Die Geschwindigkeit nach vorne und die nach unten stehen in einem festen Zusammenhang, der charakteristisch für das jeweilige Segelflugzeug ist. Die Geschwindigkeit des besten Gleitens bezeichnet diejenige Geschwindigkeit, bei der ein Segelflugzeug bei einem Meter Höhenverslust die weiteste Strecke zurücklegt.

Hauptbolzen: Bolzen, der die beiden Flügel eines Flugzeuges verbindet.

ICAO: Internationale Zivilluftfahrtorganisation (International Civil Aviation Organization) mit Sitz in Montréal (Kanada)

K 7: Schleicher K 7 Rhönadler, Doppelsitziges Segelflugzeug (gebaut ca. Mitte der 1950er Jahre bis Mitte der 1960er Jahre) des Herstellers Alexander Schleicher GmbH & Co aus Poppenhausen.

KOOU: Kennzeichen des → C-Falken des Flugsportvereins Kaiserslautern. Wenn man von einem Flugzeug spricht, nennt man es meist beim Kennzeichen, buchstabiert nach dem Alphabet der → ICAO, also "Kilo Oscar Oscar Uniform". Oft werden nur die beiden letzten Buchstaben genannt, also "Oscar Uniform".

Laminare Strömung: gleichmäßige, ruhige Luftströmung ohne Verwirbelungen (Turbulenzen)

Medical: Englisch bzw. Fliegerjargon für das ärztliche Tauglichkeitszeugnis. Dieses wird von einem dafür akkreditierten Arzt ausgestellt und bescheinigt, dass man körperlich dazu in der Lage ist, ein Luftfahrzeug zu führen.

Midfield crossing: erlaubtes Überfliegen eines Verkehrslandeplatzes genau über der Mitte der Start- und Landebahn, wo sich i.d.R. weder startende noch landende Flugzeuge in der Luft befinden.

Motorsegler: motorisiertes Flugzeug, das Segelflugeigenschaften hat, d.h. es kann bei abgeschaltetem Motor wie ein

Segelflugzeug fliegen. Man unterscheidet zwischen Segelflugzeugen mit Hilfsmotor, bei denen Propeller und Motor im
Rumpf versenkt werden können, und Reisemotorseglern, bei
denen das Triebwerk samt Propeller fest montiert und nicht
einziehbar ist. Bei ersteren unterscheidet man zusätzlich noch
die eigenstartfähigen Motorsegler, die aus eigener Kraft starten können. Reisemotorsegler können dies immer.

Morane: in Deutschland gebräuchliche Kurzform für die Flug-
zeugtypen M.S.880 Rallye und M.S.890 Rallye des französischen Herstellers Morane-Saulnier, oft als Schleppflugzeuge
für den Segelflug eingesetzt.

NOTAM: Notice(s) to Airmen, also Hinweise an Luftfahrer.
NOTAMs weisen auf kurzfristige Änderungen hin, die für die
Durchführung eines Fluges relevant sind, z.B. Sperrung eines
Luftraums für militärische Übungen, Aufstieg eines Fesselbal-
lons, Verbot des Überflugs bestimmter Einrichtungen wie z.B.
eines Krankenhauses, o.ä.

Pflichtmeldepunkt: In An- und Abflugkarten eines Flugplatzes
eingetragene geographisch markante Punkte (z.B. ein Auto-
bahnkreuz), über denen man sich bei der Flugleitung melden
muss.

Platzrunde: Zum Landen teilt man sich den Anflug in eine aus
drei Abschnitten bestehende Platzrunde ein: den Gegenanflug (englisch "Downwind"), in dem man parallel zur

Landebahn und in einer bestimmten Entfernung zu dieser
entgegen der Landerichtung fliegt, den Queranflug (englisch
"Base leg") in dem man 90° quer zur Landebahn und eine bestimmte Entfernung hinter deren → Schwelle auf die Landebahn zufliegt, und den Endanflug (englisch "Final"), in dem
man in der Flucht der Landebahn geradeaus auf diese zufliegt.

Queranflug: siehe → Platzrunde

Randbogen: Außenkante eines Flugzeugflügels

RésidenCiel: spielerische Wortschöpfung aus frz. "residentiel"
("wohn-") und "ciel" ("Himmel"), mit übersetzerischer Freiheit
in etwa "Himmelswohnung"

Rollhalt: Pflichthaltepunkt, bevor man auf die Startbahn rollt
(siehe auch → Taxiway).

Rotax: österreichischer Motorenhersteller

Schlepppilot: Pilot, der das Schleppflugzeug steuert, mit dem
ein Segelflugzeug in die Luft gezogen wird.

Schleppzug: Motorflugzeug mit angehängtem Segelflugzeug

Schwelle: Beginn der Start-/Landebahn. Von hier aus wird gestartet, und hier setzt man idealerweise beim Landen auf.

Sichtflugbedingungen: Wetterbedingungen, unter denen noch nach Sicht (d.h. ohne Hilfe von Navigationsinstrumenten) geflogen werden darf. Dazu gehören je nach Luftraum eine bestimmte Mindest-Flugsicht (d.h. Sicht in die Ferne) und auch Erdsicht (freie Sicht auf den Boden).

Sollfahrt: Die Sollfahrt- oder MacCready-Theorie dient der Maximierung der Reisegeschwindigkeit von Segelflugzeugen, Hängegleitern und Gleitschirmen. Da diese Luftfahrzeuge keinen Antrieb besitzen, sind sie für Flüge über weite Strecken darauf angewiesen, Aufwinde zu nutzen. Sie verweilen dabei einige Zeit – meist kreisend – im Aufwind, um sich von ihm in die Höhe tragen zu lassen. Anschließend nutzen sie die Höhe, um den nächsten Teil der Flugstrecke im Gleitflug zurückzulegen.

Die Sollfahrttheorie hilft dem Piloten bei der Entscheidung, wie lange er den Aufwind nutzen sollte, um insgesamt möglichst schnell voran zu kommen. Außerdem gibt sie Hinweise, wie schnell im Aufwind und im Gleitflug geflogen werden sollte. Dabei werden die Entfernung zur nächsten Thermik, ihre Stärke und die Eigenschaften des Luftfahrzeugs berücksichtigt. [von https://de.wikipedia.org/wiki/Sollfahrttheorie, Abruf 08.02.2021]

Sperrgebiet: der Luftraum ist in verschiedene Zonen aufge-
teilt, in denen nur unter bestimmten Bedingungen von bestimmten Luftfahrtteilnehmern geflogen werden darf. In einem Sperrgebiet darf die zivile Luftfahrt in der Regel nicht
fliegen.

Taxiway: deutsch "Rollbahn", auf einem Flugplatz oder -hafen
Art Straßen für Luftfahrzeuge, die sich auf dem Boden fortbe-
wegen, um z.B. vom Abstellplatz zur Startbahn zu rollen. NB:
Ein Flugzeug "fährt" nicht, da seine Räder nicht angetrieben
sind. Es "rollt" deshalb.

UL: Kurzform von Ultraleichtflugzeug.

Variometer: Instrument, das die Steig- bzw. Sinkgeschwindig-
keit eines Flugzeugs in Fuß pro Minute, bei Segelflugzeugen
und Motorseglern auch in Metern pro Sekunde anzeigt. Ein
Meter pro Sekunde entspricht 196,85 Fuß pro Minute.

Wolkenbasis: Wolken bilden sich in einer bestimmten Höhe,
die von den aktuellen Wetterbedingungen abhängt. Die Höhe,
ab der die Wolke vom Boden her gesehen beginnt, ist die
Wolkenbasis (auch: Wolkenuntergrenze)

Vom Autor bisher erschienen

Denk-mal-Gedichte und Texte zum Verschenken

Gedichte und Texte zum Nachdenken. Denken, ahnen, sich treiben lassen ist etwas Urmenschliches, macht Spaß, mitunter neugierig, manchmal auch ein klein wenig zufriedener mit sich selbst. Damit hilft es uns und uns allen.

IDBN 3-8311-0420-0, 6,50 €.

Gwen

Wie viele andere Menschen auch hatte Gwen bis vor wenigen Jahren eher oberflächlich in den Tag gelebt. Ihre aufkeimende Suche nach dem Lebenssinn verdichtet sich dramatisch bei einem Besuch der Île d'Ouessant vor der bretonischen Küste.

Ausgelöst durch eine Bemerkung eines Urlaubers am Kai vor ihrer Rückfahrt zum Festland reflektiert sie in Sekundenschnelle ihr bisheriges Leben. Ihre Gedanken kreisen dabei um sie drängende Fragen nach der erfolgreichen Pflege zwischenmenschlicher Beziehungen, dem Verhältnis Mensch zur Natur, dem wirklichen Wert des Lebens und dem Aufbruch aus der Enge des alltäglichen Lebens. Ihr gelingt es schließlich, ihre Gedanken zu einem neuen Lebensentwurf für sich und ihren Partner zu verbinden.

ISBN 3-8311-1153-7, 7,00 €

Nachhaltigkeit – eine weitere Worthülse oder ein wirksamer Beitrag zur Verringerung der Ontologischen Differenz

Nachhaltigkeit ist seit Rio 1992 in aller Munde. Sektorale Nachhaltigkeitsansätze prägen seither die Programmsprache insbesondere von Politik und Verbänden. Dabei wird zunehmend spürbar, dass zwischen sektoralen

Ansätzen neben synergistischen auch konfliktäre Beziehungen bestehen, wobei letztere derzeit bei weitem noch nicht abgearbeitet sind.

Vor diesem Hintergrund formuliert der Autor ausgehend von den forstlichen Wurzeln des Begriffs Nachhaltigkeit ein geschlossenes Konzept nachhaltiger Entwicklung. In dessen Mittelpunkt steht die nachhaltige Entwicklung der Menschheit, die durch den Überhang der von ihr bewirkten kulturellen Evolution, wie beispielhaft dargelegt wird, massive Probleme im Beziehungsgeflecht Mensch/Natur erzeugt hat. Normatives Element dieses anthropozentrisch verstandenen Nachhaltigkeitsbegriffs ist im Gegensatz zu Überlegungen etwa der Generationengerechtigkeit oder der Sicherstellung der Befriedigung von Bedürfnissen künftiger Generationen die Maxime zur Verringerung der Ontologischen Differenz: Jeder Mensch soll im Rahmen seiner Möglichkeiten hierzu durch Erkenntnis- und Erfahrungsgewinn einen weitreichenden Beitrag leisten. Hierdurch wird es möglich sein, gefährdete Beziehungen zur Natur zu entlasten und den Fortbestand der menschlichen Gesellschaft zu sichern.

So verstandene nachhaltige Entwicklung bedarf gesellschaftlicher Rahmenbedingungen, die nur von einem handlungsfähigen Staat auf der Basis einer neu gedachten Politik sichergestellt werden können. Dazu müssen Entwicklungen der Postmoderne korrigiert werden. Leitlinien hierzu werden für die Politikfelder Familie, Bildung, Energie, Umwelt und Wirtschaft entwickelt.

ISBN 3-8334-2812-0, 15,50 €

Eine Kindheit in Kaiserslautern

Mit zu den schönsten Zeiten unseres Lebens gehört unsere Kindheit. Sehnsüchte, Hoffnungen, Träume und Wünsche sind noch frei entfaltet und nicht durch die Routine des Erwachsenen-Alltags abgeschliffen.

Hermann R. Bolz schildert mit heimlicher Sympathie seine noch von den Nachwirkungen des II. Weltkriegs geprägten Kindheitserlebnisse in der Westpfalzmetropole Kaiserslautern. Impressionen aus der Vergangenheit, die ihn bis heute leise begleiten.

ISBN 978-3-8370-1437-2, 10,90 €

Waugalt

Am Ende eines Lebens erscheinen die Dinge in einem anderen Licht, stelle sich uns unerbittliche Fragen, deren Beantwortung einem Urteil über unser Handeln gleichkommt. Waugalt spürt, dass er seine schwere Krankheit nicht mehr besiegen kann. Er zieht leidenschaftlich Bilanz und ist glücklich darüber, dass es einen lieben Menschen gibt, der ihm in diesen schwierigen Tagen zur Seite steht.

ISBN 978-3-8370-7078-1, 9,80 €

Robär

Unter der Aschewolke des Yellowstone streben Robär (Robert) und zwei weitere Männer ans Ende der Welt. Ihre atemberaubende Reise ist begleitet von phantastischen Ereignissen und Begegnungen, die bei aller Surrealität drängende Gegenwartsantworten herbeisehnen.

ISBN 9-783842-354029, 9,80 €

Der Staat als Zukunftsagentur – Gesellschaft und Herrschaftssysteme in Nachhaltiger Entwicklung

Ihrem Wesen nach anthropogen und anthropozentrisch ist Nachhaltige Entwicklung gleichwohl keine neue Metaerzählung. Sie ist vielmehr die notwendige Hülle, innerhalb derer es gelingen mag, tradierte große Erzählungen zu bewahren und neue zu begründen.

Nachhaltige Entwicklung wird in erster Linie von der Gesellschaft gestaltet. Erst dort, wo gesellschaftliche Kräfte nicht mehr hinreichend wirksam sind, tritt der Staat subsidiär gewährleistend ein ko-evolutiv verknüpft bilden Staat und Gesellschaft auf diese Weise eine Verantwortungsgemeinschaft.

Die rasche Entwicklung der Menschheit, die insbesondere auf den Wirkungen der memetischen Evolution beruht, führt immer wieder zu Risiken für die Nachhaltige Entwicklung. Mit dem Instrument der Nachhaltigkeitsfolgenabschätzung versetzt sich der Staat in die Lage, diese Entwicklung zu begleiten und erforderlichenfalls ohne kritische Verzögerung Maßnahmen zur Gewährleistung der Nachhaltigen Entwicklung zu initiieren.

Wohin den Menschen seine Metaerzählungen führen werden, liegt im Raum der unbegrenzten Möglichkeiten. Dessen gestaltbare Größe hängt jedoch unmittelbar von der Gewährleistung der Nachhaltigen Entwicklung ab und ginge unmittelbar mit dieser unter. Insofern ist die Gewährleistung der Nachhaltigen Entwicklung eine notwendige Voraussetzung zur Überwindung der Kontingenz menschlichen Seins. Mit dem expliziten Bezug auf die subsidiär wirksame Gewährleistung der Nachhaltigen Entwicklung als Kernaufgabe schlüpft der Staat, schlüpfen Herrschaftssysteme in eine Rolle als Zukunftsagenturen.

ISBN 978-3-8482-5956-4, 19,90 €

Der memetische Pfad

Mit uns Menschen ist eine weitere Art der Evolution auf der Erde aufgetreten: die kulturelle, oder nach Richard Dawkins, die memetische Evolution. Durch sie überwindet der Mensch seine körperlichen Begrenzungen in atemberaubender Weise. Damit unmittelbar verknüpft ist ein ungeheures Maß an Energieumwandlung mit weitreichenden Folgen für die unbelebte und die belebte Natur. Die Wirkmächtigkeit dieser Evolution ist so gewaltig, dass man inzwischen die Zeit nach 1750 n.Chr. als das Anthropozän, also ein vom Menschen geprägtes Erdzeitalter, bezeichnet.

Nicht zuletzt durch Gen- und Biotechnik in Verbindung mit den unabsehbaren Gestaltungsmöglichkeiten, welche die modernen elektronischen Medien eröffnen, entflicht die Menschheit zunehmend die Verbindung zu ihren ursprünglichen, natürlichen Wurzeln. Der zentrale Ort dieser sich beschleunigenden Entwicklung wird die urbane Verdichtung sein. Der Weg dorthin führt über den in diesem Beitrag dargestellten memetischen Pfad. Auf dieser Wanderung kommt dem Staat als subsidiär wirksamem Gewährleister der Nachhaltigen Entwicklung eine besondere Verantwortung zu.

ISBN 978-3-7357-7740-9, 7,50 €

Im Reigen der Evolutionen

Die Menschheit lebt heute in der Zeit der großen Transformation. Die anthropogene Überlagerung der Erde zeigt Wirkungen, die dem Fortbestand der Menschheit abträglich sein können. Dazu gesellen sich Entwicklungen im Bereich der Biotechnologie sowie der künstlichen Intelligenz, deren Auswirkungen auf die Menschen und ihre Gesellschaften kaum zu überschauen sind.

In diesem Kontext identifiziert der Autor vier Evolutionen und zeigt deren Entstehung sowie Zusammenspiel auf. Dabei wird deutlich, dass es eine Reintegration des Menschen in natürliche Kreisläufe nicht mehr geben kann, sondern vielmehr eine systematische Entflechtung der Menschen insbesondere von der belebten Natur erforderlich ist. Bündelnde Wirkung kann dabei der Aufbruch in das Universum entfalten.

So wie in der Vergangenheit die memetische aus der genetischen und diese wiederum aus der materiellen Evolution emergierte, steht heute zu erwarten, dass sich erneut eine weitere Evolution auf den Weg macht: die transmemetische. Die Menschheit wäre gut beraten, sich dessen bewusst zu werden und sich mit den Auswirkungen derselben auf ihre Zukunft auseinander zu setzen.

ISBN 978-3-7448-9900-0, 9,99 €

Nachdenktexte

Nachdenken – ein wunderbares Wort einer schönen Sprache.

Vordenken, erdenken, andenken, durchdenken: Schwesterwörter von nachdenken.

Hineindenken in das Wesen der Dinge, des Seins, etwas Urmenschliches, das nur uns Menschen im Gegensatz zu unseren Mitgeschöpfen gewährt ist.

Das antizipierende „zu-Ende-denken" unseres eigenen Lebens, dessen unserer Lieben, unserer Gesellschaft.

Wir leben in der Zeit der großen Transformation. Vieles ist in diesen Tagen zu bedenken. Wie soll es weitergehen, wie wollen wir unsere Zukunft gestalten? Wie bewältigen wir den Schritt in die digitalen virtuellen Welten?

Gehen wir eine Verbindung mit dem Silizium ein und starten so eine neue Art der Evolution? Oder entziehen wir uns der Macht der Daten und bleiben, wie wir heute sind, besser gestern waren?

Es gibt viel nachzudenken. Denken wir es an, um uns nicht gedankenlos in den herausfordernden Zeitläuften zu verirren.

ISBN 978-3-7528-6065-8, 6,50 €

Robär kehrt zurück

Auf dem Rückweg aus dem Eis vor der Ile d'Ouessant erkennt Robert, dass er hier seinen Gegner nicht finden wird. Deshalb beschließt er, an ein anderes Ende der Welt zu reisen. Auf dem Weg dorthin erschließt sich seinem Begleiter und ihm die Macht der Daten im Netz. Robert vermutet seinen Gegner nun im digitalen Raum, einen Datenmagier. So versuchen sie, sich dessen Zugriff zu entziehen, indem sie fortan keine elektronischen Spuren mehr hinterlassen. Ihre wiederum abenteuerliche Reise führt sie in den Westen Russlands, wo es zu einem entscheidenden Erlebnis kommt.

ISBN 978-3-7460-9117-4, 7,50 €

Die disruptive Transformation

98 % aller Arten, die jemals auf der Erde gelebt haben, sind ausgestorben. Dies ist keine Rechtfertigung für den von den Menschen zu vertretenden, heutigen Artenverlust. Es ist vielmehr ein Hinweis darauf, dass die Natur keine Nachhaltigkeit der Arten kennt. Als Folge ihrer kulturellen (memetischen) Evolution ist es der Menschheit dagegen bis zur Stunde trotz schwerster Rückschläge durch Naturereignisse und Kriege gelungen, für ihre Entwicklung stabile Rahmenbedingungen zu gestalten. Menschen sind im Gegensatz zu allen anderen Lebewesen in der Lage, weit jenseits ihrer natürlichen körperlichen und geistigen Begrenzungen handelnd zu gestalten.

Nach einer tieferen Auseinandersetzung mit dem Begriff „Nachhaltigkeit" geht der Autor auf die Wirkungen der memetischen Evolution ein. Diese beschleunigt die Entwicklung menschlicher Gesellschaften insbesondere durch die bio- und informationstechnologische Revolution. Daneben wird auf weitere Megatrends unserer Tage wie Urbanisierung, Energiebereitstellung, Herrschaftssysteme, Raumfahrt und Bildung eingegangen.

Nach einer Behandlung der Übergangsphänomene Klimawandel, Biodiversität, Bevölkerungsentwicklung und Mobilität wird der Blick auf eine mögliche transmemetische Zukunft gerichtet. Welche Rolle spielt der Mensch in einem Zeitalter denkbarer künstlicher Intelligenz und künstlichen Bewusstseins?

Ein Büchlein, das nachdenklich machen will.

ISBN 978-3-7519-0141-3, 10,50 €

Herr Dogder, dess do geht nimmie lang gut!

Die Jugendzeit der Hauptfigur dieser Erzählung war eine Zeit, in der aus dem Nichts eine Existenz aufgebaut werden musste. Eine Zeit, in der es keine staatlich finanzierten Rundum-sorglos-Pakete gab. Eine Zeit, in der man selbst anpackte und zuversichtlich, im Vertrauen auf die eigene Kraft und Geschicklichkeit sowie den Rückhalt in der Familie in die Zukunft schaute. Eine Zeit, in der man nicht einen Veggieday vorschlagen musste, um den Fleischkonsum einzudämmen, denn erstens war zumindest bei Katholiken der Freitag fleischfrei, und zweitens gab es Fleisch allenfalls ausnahmsweise, vielleicht sonntags. Es war eine Zeit, in der jeder für sich und die Seinen Verantwortung übernehmen musste, Tag und Nacht, Woche um Woche, Monat um Monat. Kaum vorstellbar die Verhältnisse von heute mit ihren Ansprüchen auf auch im weltweiten Vergleich höchstem Niveau.

Kein Wunder, dass sich auf dem Boden seiner Werte und Überzeugungen seine skeptischen Bemerkungen bis heute quasi als Kontrapunkte zu unserer heutigen Welt erhalten haben: Beginnend mit: „Iss dann dess noch normal?", hörte man immer öfter: „Dess do geht nimmie lang gut!" und schließlich in jüngster Zeit:

„Wann dess do gut geht, geht nix mä schief!"

ISBN 978-3-7526-8782-8, 7,00 €

FSC

www.fsc.org

MIX

Papier aus ver-
antwortungsvollen
Quellen

Paper from
responsible sources

FSC® C105338